MISTÉRIO
entre linhas e letras

Carpe Diem
O crime bate à porta

Samir Thomaz

5ª edição
Conforme a nova ortografia

ILUSTRAÇÕES
Rogério Borges

Atual Editora

SARAIVA Educação S.A.
Avenida das Nações Unidas, 7.221 – Pinheiros
CEP 05425-902 – São Paulo – SP
www.editorasaraiva.com.br

Tel.: (0xx11) 4003-3061
atendimento@aticascipione.com.br

Dados Internacionais de Catalogação na Publicação (CIP)

Thomaz, Samir

Carpe Diem : o crime bate à porta / Samir Thomaz ; ilustrações Rogério Borges. — 5ª ed. — São Paulo : Atual, 2009. — (Entre Linhas e Letras)

ISBN 978-85-357-0099-2

1. Literatura infantojuvenil I. Borges, Rogério, 1951-. II. Título. III. Série.

CDD-028.5

11ª tiragem, 2022

Índices para catálogo sistemático:

1. Literatura infantojuvenil 028.5

Série **Entre Linhas e Letras**

Desenvolvimento de produto

Gerente editorial: Wilson Roberto Gambeta
Editor de texto: Henrique Félix
Assessora editorial: Jacqueline F. de Barros
Coordenadora de preparação de texto: Maria Cecília F. Vannucchi
Revisão de texto: Pedro Cunha Jr. (coord.)/Célia Demarchi

Produção editorial

Gerente de arte: Edilson Felix Monteiro
Coordenação de arte: Mizue Jyo
Edição de arte: José Maria de Oliveira
Diagramação: Ricardo Yorio/Adriana M. Nery de Souza
Produtor gráfico: Rogério Strelciuc

Colaboradores

Projeto gráfico: Glair Alonso Arruda
Preparação de texto: Maria Luiza X. Souto
Roteiro de leitura: Veio Libri
Impressão e acabamento: Bercrom Gráfica e Editora

CL: 810356
CAE: 575993

SUMÁRIO

Aproveita o dia! **5**
Não atrase o fechamento das portas... **6**
Secretíssima pauta **8**
Muchas gracias! **10**
Há algo de podre num prédio das Perdizes **12**
Suspeitas e certezas **14**
O que dizer, o que não dizer **18**
A turma é da hora **20**
Cuidado com a imprensa! **23**
Cafezinhos, pães de queijo e planos ocultos **25**
Olho aberto 24 horas por dia **28**
E daí se a Capitu traiu o Bentinho? **31**
Todas as garotas do planeta **34**
Era uma vez um jovem escritor **37**
Ledo Ivo engano **39**
Pesquisando Dostoiévski **42**
Dois jovens à procura de apartamento **46**
Rosinha **49**
Borba Gato **54**
Adrenalina pura **58**
Uma história mal contada **61**
Jornal, que é bom, nada **64**
Quem quiser um *rock* bom, vá pedir ao Raul Seixas **66**
Como um passe de mágica **70**
Estranho, muito estranho... **73**
Help, Mary! **78**
Originais das memórias? **80**
Um homem de faro **83**
Delírio de escritor **85**

Eram as memórias **87**
Top secret **89**
Uma pedra no sapato **93**
Eu desisto! **96**
Dois jovens à procura de um quarto **100**
Um ato de coragem **104**
A última cena **110**
Estava no *script* **114**
Explicando o *muchas gracias* **118**
Carpe Diem **120**

O autor **123**
Entrevista **125**

Todos os dias quando acordo
Não tenho mais o tempo que passou
Mas tenho muito tempo
Temos todo o tempo do mundo

Todos os dias, antes de dormir
Lembro e esqueço como foi o dia
Sempre em frente
Não temos tempo a perder

(Tempo perdido, *Renato Russo.*)

A *Maria, minha mãe,* in memoriam.
A *Samuel, meu pai.*
À memória de Plínio Marcos.

APROVEITA O DIA!

ANTES de iniciar esta história, cabe uma explicação sobre o significado de seu título.

Carpe diem é uma expressão latina criada pelo poeta Horácio e significa "Aproveita o dia presente". Horácio, um escritor refinado e de grande sensibilidade, quis dizer com isso que a vida é breve e devemos gozá-la ao máximo. Alguns séculos mais tarde, os poetas árcades buscaram viver e escrever de acordo com alguns princípios latinos, entre os quais o nosso *carpe diem*.

Mais recentemente, a sábia frase do velho Horácio serviu de mote para o filme *Sociedade dos poetas mortos*. O filme fez muito sucesso entre os jovens do mundo todo, especialmente entre aqueles que têm com a literatura uma relação que vai além das quatro paredes da sala de aula.

Talvez por isso os jovens personagens desta história tenham dado o nome de *Carpe Diem* ao jornal literário que fundaram no colégio onde estudam.

NÃO ATRASE O FECHAMENTO DAS PORTAS...

O METRÔ estava parado na Estação Bresser havia quinze minutos. Do lado direito da composição com destino à Barra Funda, o lado que dá para os trilhos da Central do Brasil, o sol das onze batia inclemente no rosto dos passageiros que estavam sentados.

Do lado esquerdo, que dá para a plataforma, a situação era um pouco mais confortável. Ali o sol não chegava, e, não fosse pelo atraso, os passageiros que se achavam desse lado não estariam olhando indignados para os fiscais de uniformes cinza que corriam de um lado para outro, comunicando-se por *walkie-talkies*.

O atraso conseguiu incomodar a todos, até a Eurico, o jovem de olhar sério que finalmente resolvera fazer uma pausa em sua leitura. Lia um romance de Bóris Mariano, justamente o escritor que iria entrevistar naquela tarde.

Na verdade não lia a história, apenas checava alguns dados biográficos do romancista no final do livro. Era a primeira vez que en-

trevistaria alguém com a fama e o prestígio de Bóris Mariano. Naturalmente sentia-se inseguro. Mas a turma do *Carpe Diem*, o jornal literário da escola onde estudava e no qual seria publicada a entrevista, confiava em seu taco de primeiro da classe em redação. Além disso, Eurico trazia de memória as palavras elogiosas de dona Gil, a professora de Português: "Você tem tudo para ser um grande jornalista, Eurico!".

O eco daquelas palavras aquecia seu espírito, alimentava sua autoconfiança. Mas, à medida que o tempo passava, sentia que dali a instantes seria apenas ele e Bóris Mariano. A experiência de um mestre da literatura brasileira diante da timidez de um jovem candidato a escritor.

Depois de mais algumas mensagens repetidas pelos alto-falantes do metrô, a composição finalmente voltou a se movimentar. Eurico, porém, não reabriu o livro. Passou a observar pela ampla janela do vagão a vista que aquele trecho da linha Leste-Oeste proporcionava. Diante de seus olhos desfilaram os telhados envelhecidos do Brás, fábricas que floresciam aqui e ali até próximo dos limites do Cambuci, o rio Tamanduateí em seu leito de morte e o antigo quartel do Exército, agora da Polícia Militar, bem ao lado do rio. Antes de entrar no túnel que dá acesso à Estação Sé, já tinha decidido usar na entrevista a mesma tática que costumava dar certo nas provas escolares, exceto nas de Matemática: relaxar.

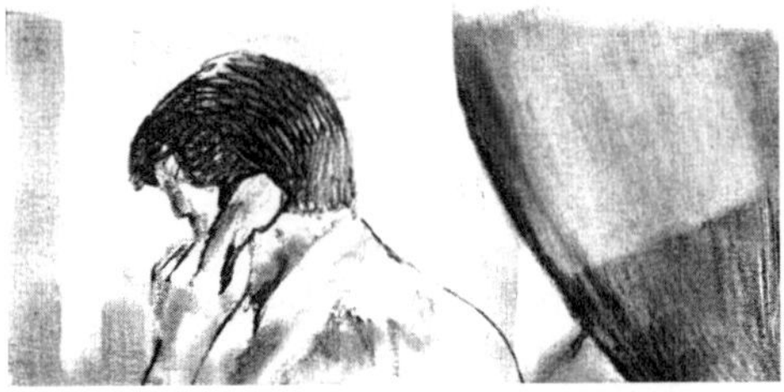

SECRETÍSSIMA PAUTA

EURICO desceu no terminal Barra Funda pouco antes do meio-dia. Estava adiantado em relação ao horário que marcara com Bóris Mariano: 14 horas. Em São Paulo não se podia dar sopa para o azar, era o que sua mãe sempre dizia.

Os raios de sol explodiam em cheio contra os automóveis, dando a impressão de que estavam em chamas. Uma brisa leve vinha dos lados do Memorial da América Latina. Eurico desvencilhou-se da multidão de passageiros e se encostou na amurada da estação. Queria traçar com calma o roteiro que faria para chegar ao apartamento de Bóris Mariano.

Como primeira e urgente providência, tomaria um lanche. Não enfrentaria a fera de estômago vazio. Depois pegaria a avenida Francisco Matarazzo até a Cardoso de Almeida, rua do bairro das Perdizes onde morava o escritor. Mas antes, lembrou, tinha um compromisso prazeroso: ligar para Marina.

Àquela hora a garota já devia estar impaciente por ele não ter ligado. Sabia que ela não gostava de esperar. Mas não pudera evitar o atraso. No fundo, achava que zangada ela ficava ainda mais bonita.

Eurico ficara de confirmar um encontro com Marina no Centro Cultural, logo depois da entrevista. Fariam uma pesquisa sobre Fernando Pessoa para o próximo número do *Carpe*. Marina era apaixonada pelo poeta dos heterônimos. O encontro, claro, estava confirmado. O telefonema era apenas um pretexto para ouvir a voz da garota. Ainda que ela estivesse zangada.

Mas o encontro com Marina encobria outro plano de Eurico. Um plano que ele vinha adiando havia pelo menos duas semanas: pedir a garota em namoro. Era uma investida perigosa, ele sabia. Já tinha sondado o terreno uma vez, e a coisa ficara no ar. Nem ele nem Marina se sentiram seguros para abrir o coração de uma vez e dizer o que sentiam. Daquele encontro na cantina do Carvalho Senne ficara apenas a lembrança de um diálogo confuso, que ele precisava retomar:

— Você não entendeu — dissera Eurico.

— O que eu não entendi?

— Você sabe.

Marina franziu a testa:

— O que eu sei?

— Você sabe.

A garota riu e resolveu virar o jogo:

— Nós precisamos conversar.

— Sobre o quê? — Eurico perguntou.

— Você sabe.

Na Cardoso de Almeida, parou numa banca para comprar pilhas. Encaixou-as no compartimento de seu microgravador e seguiu adiante. Seu estômago roncava feito Fórmula 1 no *pit stop*. Avistou na primeira esquina uma padaria com portas de vidro e um moço entregando papelzinho na entrada. Entrou e devorou um cheese-calabresa com refrigerante.

O que ele sabia? — essa dúvida não saía de sua mente. Mas não era hora de tentar desvendá-la. Precisava concentrar-se na entrevista.

Foi subindo a rua devagar. Ao se aproximar do apartamento de Bóris Mariano, dirigiu-se a um orelhão. Discou o número da casa de Marina. Uma, duas chamadas e logo uma voz suave disse "alô" do outro lado. Estava um pouco ansiosa, como ele previra. Mas não zangada.

— Pensei que não fosse ligar — ela disse.

"Imagina se não...", pensou Eurico.

A conversa durou os exatos nove minutos que ainda restavam no cartão. A ligação caiu, interrompendo o diálogo. Nem deu tempo de se despedirem. Infelizmente, para Eurico, falaram apenas de assuntos da pauta daquele bimestre do *Carpe*. Nada que se referisse à pauta dos seus sentimentos para com ela. Secretíssima pauta, que só depois da entrevista deveria vir à tona novamente.

MUCHAS GRACIAS!

ERAM duas em ponto quando o jovem acionou o interfone do prédio de Bóris Mariano. Havia um silêncio na rua, quebrado de vez em quando pelo ronco de algum automóvel solitário.

O porteiro estava no pequeno jardim defronte o edifício, fixando na grama uma placa onde se lia "Aluga-se apartamento". Não notou a presença de Eurico, nem ouviu o toque do interfone. Eurico apertou novamente o botão. O porteiro continuou agachado, sem notar a presença do jovem.

Foi somente depois de um terceiro toque mais demorado que o porteiro se virou e percebeu que havia alguém no portão. Mas permaneceu agachado ainda, até certificar-se de que a placa estava bem presa ao chão. Então veio atender o rapaz, andando com passos lentos na direção da pequena guarita. Era um homem de meia-idade, alto e forte. Tinha uma expressão infantil no olhar que contrastava com sua massa de músculos.

Eurico ouviu o som do fone sendo retirado do gancho e foi logo se adiantando:

— Bóris Mariano, apartamento sessenta e quatro.

A voz do porteiro demorou alguns segundos para responder e veio carregada de um sotaque que Eurico não discerniu bem:

— Quem vai falar com o doutor Bóris?

O jovem temperou a garganta antes de responder:

— Eurico, jornalista — mentiu.

— Um momento — disse o porteiro.

Só depois Eurico se deu conta de sua ousadia. Como podia ter-se passado por jornalista com 16 anos de idade? É verdade que Marina via nele ares de rapaz sério, de mentalidade adulta, aparentando mais idade do que realmente tinha. "Você pode se passar por alguém de 20", costumava dizer a garota, derramando um charme feminino que encantava o rapaz.

Além disso, depois que passara a se barbear com o pré-histórico aparelho do pai, tinham aparecido em seu rosto alguns pelos escuros, cujo crescimento ele conferia toda manhã no espelhinho do banheiro.

Enquanto o porteiro anunciava sua presença ao romancista, Eurico passou os olhos rapidamente pelos prédios vizinhos ao de Bóris Mariano. Como seria o dia a dia das pessoas que moravam naqueles edifícios? Na certa, bem diferente do seu. Nada de casas com quintais, nem de terrenos baldios. Tudo ali parecia-lhe muito distante de sua rua, perdida num bairro da Zona Leste de São Paulo.

O porteiro demorava-se, e Eurico notou que pouca gente passava na rua naquele momento. Apenas alguns idosos de cabelos platinados, que aproveitavam a tarde para espairecer. Porém — Eurico notou —, ao contrário de seu pai, que passara a vida no comando de uma máquina para sustentar a família, estes eram idosos conservados, alguns com o andar ágil ainda. Tudo muito diferente do seu dia a dia.

Eurico ouviu o ruído do portão sendo destravado. Entrou. Ao passar pela guarita, fez uma leve mesura com a cabeça para o porteiro. Não houve retribuição. O homem nem sequer lhe dirigiu o olhar e logo se encaminhou para o jardim a fim de fixar outra placa que levava nas mãos. O rapaz achou que seu tipo de adolescente bem-comportado não devia impor respeito a um sujeito como aquele, acostumado ao trato com os doutores, executivos e madames que deviam morar no prédio.

Enquanto esperava o elevador, Eurico aprumou-se diante de um espelho incrustado na parede. Olhou-se, buscando entender por que o porteiro o havia tratado com tanta indiferença.

Pensava nisso quando um homem surgiu vindo da escada. Era um homem de estatura baixa, de pele muito branca e com um par de pequenos e desbotados olhos azuis. O jovem, que era ótimo observador, percebeu que o homenzinho carregava uma pasta de elástico e um envelope-saco, e parecia apressado. Tanto que, ao passar por Eurico, deixou cair algumas folhas e disquetes que trazia na pasta. O jovem pensou em ajudá-lo e já ia abaixar-se para recolher os papéis e os disquetes, mas o homenzinho, numa atitude que surpreendeu o rapaz, empurrou-o dizendo "*Muchas gracias*, *muchas gracias*" e passou a recolher ele mesmo os disquetes e as folhas do chão.

Pelo postigo do elevador Eurico pôde ver ainda uma vez aquele homem, andando com pressa na direção da garagem e segurando com firmeza a pasta e o envelope-saco.

— Que homem mais esquisito! — estranhou o rapaz.

HÁ ALGO DE PODRE NUM PRÉDIO DAS PERDIZES

SÓ DEPOIS que o homenzinho desapareceu no saguão é que Eurico apertou o botão do andar aonde iria. Rememorou o número do apartamento de Bóris Mariano e, enquanto subia, formulava na mente as perguntas que faria ao escritor.

Assim tinha sido quando entrevistara Hermínio de Sena e Cristóvão Figueiredo, os convidados dos dois primeiros números do *Carpe*. Não levara nada por escrito. Apesar de cursar apenas o segundo ano do ensino médio, orgulhava-se de estar sempre bem informado sobre literatura e os escritores. Estes, aliás, surpreendiam-se com o nível das perguntas que ele fazia. "Como pode um rapaz de 20 anos já conhecer tanto das letras?", deviam perguntar-se. Marina é que tinha razão. Com seu jeitão sério e alguns pelos no rosto, ele aparentava mesmo mais idade do que tinha.

Que esperassem, então, para ver o artigo que estava escrevendo sobre Shakespeare, entusiasmava-se Eurico. Chamava-se "Há algo de podre no reino da Dinamarca", uma das frases de que mais gostava do dramaturgo inglês.

Com Bóris Mariano não seria diferente. Já tinha lido alguns de seus livros e, embora não fosse dos seus autores prediletos, respeitava seu passado de luta pela democracia. A Rosinha, professora de História, vivia falando dele. Certa vez, numa aula, comentara que Bóris Mariano havia sido um dos escritores mais perseguidos pelo regime militar depois do golpe de 64. Também dissera que ele havia precisado refugiar-se na casa dos amigos até conseguir asilo político no Peru e depois em Paris. E a Rosinha sabia das coisas. Não era professora de História por acaso.

A porta do elevador se abriu e Eurico penetrou a semipenumbra que dominava o sexto andar. Mas antes de fazer qualquer menção de acender a luz, percebeu uma porta entreaberta pela qual se podia ver parcialmente um corpo caído. O vento que lhe roçava o rosto, vindo das escadarias, fazia com que a porta batesse de leve contra o encaixe do batente, abrindo e fechando com um ruído seco e intermitente.

Um frêmito percorreu-lhe o corpo, da raiz dos cabelos ao dedão do pé. Seu primeiro impulso foi tomar o elevador de volta, mas este já retornava ao térreo. Ficou por uns instantes paralisado pela surpresa, e o torpor que sentiu ao olhar de novo o corpo impeliu-o a dirigir-se para a escada, que ficava à direita do elevador. Não lhe ocorreu que poderia ir até o apartamento de Bóris Mariano e pedir ajuda. Ao passar próximo da porta onde estava o corpo para se dirigir à escada, no entanto, seu rosto foi tomado pelo terror. O corpo que ali estava era o do homem que iria entrevistar. Olhou o número do apartamento na porta: 64.

SUSPEITAS E CERTEZAS

COMO num clipe pós-moderno, imagens confusas passavam velozmente pela mente de Eurico. Era como se ele estivesse tendo um pesadelo. Olhou de novo para o rosto no chão. A expressão era de morte. No peito nenhum sinal de respiração. "Será que teve um infarto?", indagou-se o jovem. Ou teria caído simplesmente e batido a cabeça? E se ele tivesse sido assassinado?

Uma suspeita começou a tomar conta de seus pensamentos: se tinha havido algum tipo de crime, o homenzinho que ele vira na escada devia ter alguma coisa a ver com o fato.

Mas logo Eurico se assustou com a rapidez de seu raciocínio. Por que, afinal, estaria pensando aquilo do tal homenzinho? Ele não poderia ser um morador do prédio, alguém à procura de apartamento para alugar, um vendedor de enciclopédias? Eurico não saberia responder naquele momento.

Um tremor o sacudiu, ao perceber nos olhos semiabertos do escritor um brilho embaçado no qual a luz que vinha do interior do apartamento não se refletia. "Deve estar morto mesmo", pensou. Porém não deixou que o pânico o dominasse. Uma lucidez e uma coragem que ele julgava não possuir cresceram dentro dele. Voltou os olhos para o corredor. Portas fechadas em meio à escuridão. Era melhor chamar alguém.

Deu um passo e parou. Cogitou se o melhor não seria mesmo dar o fora. Mas o porteiro já o tinha visto, seus amigos sabiam que ele viria falar com Bóris Mariano. A lucidez a que se agarrava aconselhou-o a ficar ali e esclarecer tudo. Não deixaria que pensassem que tinha fugido. Mal-entendidos com a polícia nunca foram bom negócio. Viera entrevistar o escritor e o encontrara morto. Era avisar a polícia e ponto final.

Mas as coisas não eram tão simples como Eurico imaginava.

Pensou em pular por cima do corpo, entrar no apartamento e telefonar para a polícia. Mas logo compreendeu que isso também poderia significar encrenca pesada para ele. Lembrou-se das tais impressões digitais. Deveria manter-se o mais longe possível do corpo e do apartamento de Bóris Mariano.

Tocou a campainha do apartamento vizinho. Ninguém atendeu. Resolveu tentar o 65, que ficava em frente. Deu dois toques nervosos e logo ouviu passos se aproximando vagarosamente. Perto da porta silenciaram. Eram os passos de alguém que agora espionava Eurico pelo olho mágico. O jovem percebeu que a semiescuridão dificultava a inspeção e poderia assustar quem estivesse do lado de dentro. Correu até o interruptor e acendeu a luz. O corredor ganhou nitidez, como se antes estivesse coberto por uma fina camada de poeira. Também o corpo de Bóris Mariano, que permanecia imóvel na entrada do apartamento, havia se tornado mais visível. Foi nesse momento que Eurico percebeu um pequeno fio de sangue escorrendo da cabeça do escritor. "Sangue que escorre é sangue fresco", pensou.

O rapaz voltou à porta do apartamento 65 e procurou posicionar-se no centro do olho mágico, para que pudesse ser visto por inteiro. De dentro do apartamento já não vinha ruído algum, nem os passos que antes tinha ouvido. Correu então ao 68. Havia luz por baixo da porta. Eurico apertou o botão da campainha.

Passos mais firmes que os do apartamento 65 foram ouvidos. Vinham entremeados por outro som, seco, que Eurico não distinguiu direito. Dois passos, o som seco, outros dois passos, outro som seco... O olho mágico escureceu, sinal de que alguém espiava através dele. Eurico procurou mostrar bem o rosto e disfarçar o nervosismo. A porta se abriu.

Um homem de cabelos brancos e olhos azuis apareceu. Eurico lembrou-se dos idosos que tinha visto na rua.

— Pois não — disse o homem. Sua voz era grave, mas enfraquecida.

— Preciso de ajuda. Tem um homem morto naquele apartamento — avisou Eurico, apontando para o 64.

O homem olhou-o, desconfiado.

— Sou jornalista — apressou-se em explicar Eurico. — Vim entrevistar o escritor Bóris Mariano e o encontrei caído na porta.

Ao ouvir aquilo, o homem franziu o cenho:

— Bóris Mariano?

E novamente o som de seus passos mais a picada da bengala no chão foram ouvidos, agora no corredor.

Chegaram até a porta do apartamento e lá estava o corpo, imóvel. Não se percebia nele o menor sinal de vida. Até Eurico, que nunca tivera contato com cadáveres, não teve dúvida: Bóris Mariano estava mesmo morto. E tudo indicava que tinha sido assassinado. Era o que se deduzia da pequena poça de sangue formada ao lado de sua cabeça. No peito, uma provável marca de bala, por onde escorria um fino fio de sangue.

O homem do 68 voltou ao seu apartamento e ligou para a polícia. Eurico ficou no meio do corredor, assustado porém lúcido. O suficiente para saber que deveria aguardar a chegada dos policiais. Mas quem chegou primeiro foi o porteiro. Depois de acionar a polícia, o homem do 68 também o avisara do crime. Estava pálido. Mal conseguia articular uma frase. Eurico o observava e sentia-se também observado por ele. Alguma coisa ali não estava batendo.

Por que o porteiro não vinha falar com ele?, Eurico se perguntava. Afinal, tudo indicava que fora ele, Eurico, a última pessoa a subir ao apartamento do escritor. Também fora ele, na certa, a última pessoa a entrar no prédio antes do assassinato. Era estranho que o porteiro não lhe perguntasse nada.

Mais algumas reflexões e Eurico passou a achar que aquele homem poderia estar envolvido no crime. A não ser que ele estivesse tão assustado, temeroso de que a suspeita recaísse sobre ele, que acabava agindo como se escondesse algo. Uma voz dentro de Eurico o aconselhava a não expor seus pensamentos naquele momento. Uma espécie de jogo do silêncio se iniciava.

Um detalhe importante acudiu à mente de Eurico: na sua chegada ao prédio, enquanto esperava no portão, ouvira o porteiro pedir permissão a Bóris Mariano para ele subir. O assassinato, então, tinha ocorrido entre sua entrada no prédio e sua chegada ao apartamento. Pois, se Bóris Mariano dera permissão para que ele subisse, era porque ainda estava vivo naquele momento. Ou será que já não estava?

O homem do 68 alardeava o caso de porta em porta pelo corredor. Eurico logo percebeu que todos ali tinham muito apreço pelo escritor. Uma pequena aglomeração formou-se.

Quando a polícia chegou, o senhor do 68 tomou a frente e foi informando o que sabia. Ou seja, que o rapaz — apontando para Eurico — batera em sua porta e o avisara do crime. Um PM se aproximou de Eurico:

— Você é menor de idade?

Eurico respondeu que sim. Ouviu o PM dizer que deveria depor na delegacia e avisar seus pais. Um policial perguntou quem era o porteiro do prédio. O porteiro deu um passo para a frente e levantou o braço com o indicador em riste. Um pavor inquieto agitava-se em seus olhos. Também ele deveria depor.

— Algum estranho foi visto no prédio? — indagou um PM, olhando para os moradores. — Vocês têm algum suspeito?

Eurico pensou no homenzinho da escada, mas nada disse.

Todos ficaram calados. Silêncio que tinha um significado muito claro: não tinham visto nenhum estranho no prédio, a não ser Eurico.

O QUE DIZER, O QUE NÃO DIZER

EURICO nunca tinha entrado numa delegacia, a não ser quando tivera de tirar a carteira de identidade, aos 12 anos. Naquele dia, seu pai o acompanhara, e o guichê onde fora atendido ficava bem longe da sala do delegado. O clima era tão tranquilo que custou ao menino acreditar que a poucos metros dali perigosos delinquentes jaziam atrás das grades.

Agora, sentado num banco tosco de madeira, embaixo de um cartaz na parede com a foto de quatro foragidos, experimentava uma sensação bem diferente. Estava tenso. Há mais de meia hora ligara para dona Dalva, sua vizinha, pedindo que avisasse seus pais e a turma do *Carpe* sobre onde ele estaria e por quê. Também não esquecera de deixar um recado na secretária eletrônica da casa de Marina. Pelo jeito, ainda demoraria um pouco para ele acertar os ponteiros com a garota.

Na sala do delegado, o porteiro prestava seu depoimento. Parecia nervoso. O timbre confuso de sua voz mais as batidas na máquina de escrever impediam Eurico de ouvir o que dizia. No corredor, investigadores e PMs passavam a todo instante. A fumaça dos cigarros marcava o clima tenso.

— A imprensa já está toda aí fora — disse um investigador ao delegado.

Sentado no banco, Eurico repassava mentalmente o que diria e o que não diria ao delegado. Queria livrar-se de possíveis suspeitas. Desconfiava do porteiro. Ele poderia ter facilitado a entrada do criminoso no prédio. Era preciso saber o que ele falava para o delegado. Se não mencionasse o homenzinho, era porque talvez estivesse mancomunado com ele. Por isso Eurico achou melhor não dizer nada sobre o tal homem. Pelo menos por enquanto.

O jovem estava tão concentrado no que iria dizer à polícia e apreensivo com a demora de seus pais que não se dera conta da estupidez e da tragédia que significava a morte de Bóris Mariano. Quem poderia querer matá-lo? E por quê?

A literatura brasileira havia perdido um de seus mais importantes autores. Bóris Mariano não era apenas um escritor muito lido. Tinha se transformado num símbolo de resistência a qualquer tipo de autoritarismo. Como os jornais diziam, era uma espécie de "reserva moral" do país. Um dos poucos à altura desse epíteto.

Eurico, por sua vez, perdera a oportunidade de uma excelente entrevista. Bóris Mariano fora muito gentil ao aceitar ser entrevistado por um jornal literário de colégio, do qual certamente nunca ouvira falar.

A TURMA É DA HORA

O PRIMEIRO a aparecer foi Reinaldo, o Reina, com seu rosto magro e olhar de gavião. Assim que viu Eurico sentado, caminhou até onde estava o amigo e o cumprimentou, com ar apreensivo:

— O que aconteceu, cara? Por que te trouxeram pra cá?

— Um crime, Reina — disse Eurico, apoiando os cotovelos nos joelhos e baixando a cabeça. — Mataram o Bóris Mariano.

Reina custou a acreditar.

— Não é possível! Tem certeza de que era o Bóris?

— Absoluta. Fui eu que encontrei o corpo.

Eurico falava baixo. Próximo a ele um PM parecia vigiá-lo.

— Reina, e a turma? — quis saber Eurico.

— Está vindo. Seus pais também.

Mal terminou a frase e Reina avistou a turma, juntamente com seu Júlio e dona Norma.

Eurico levantou-se. Todos o abraçaram, ao mesmo tempo que faziam perguntas atropeladas. Estavam assustados, não sabiam direito o que tinha ocorrido.

— Filho, o que aconteceu? — perguntou dona Norma.

— Mãe, fica tranquila que não é nada comigo — foi logo explicando Eurico. — Apenas encontrei o corpo de um homem assassinado.

— Mas que homem é esse? Quem matou ele? — seu Júlio perguntava.

Eurico baixou a voz e procurou resumir a história.

— Pai, mataram um escritor famoso. Eu não sei quem o matou nem por quê. Apenas iria entrevistá-lo e o encontrei morto. Foi só isso. Eu não tenho nada a ver com o crime.

— Meu filho, ninguém está pensando que...

— Eu sei, pai, eu sei. Fica tranquilo — acalmou-o Eurico, tocando o ombro do pai.

— Não está com fome? — perguntou Camila, a ruivinha da turma.

— É mesmo, filho! — exclamou dona Norma, abrindo a bolsa e tirando uma nota de 10 reais. — Vai na lanchonete comprar alguma coisa pra ele, Júlio.

Eurico odiava os cuidados excessivos da mãe. Principalmente na frente da turma. Mas convinha que a situação era especial. Além do mais, estava mesmo com fome. O lanche que tinha comido na Cardoso apenas enganara o estômago.

— Deixa que eu vou — prontificou-se Vareta, pegando o dinheiro.

A turma quis saber detalhes.

— O Bóris Mariano, poxa... — lamentou Nemaila.

— Nunca vou me esquecer dele ao telefone, dizendo que não tinha importância que o nosso jornal fosse de colégio, que ele daria a entrevista assim mesmo — disse Reina.

— Onde estava o corpo? — perguntou Nemaila.

— Caído dentro do apartamento.

— Tinha sangue? — quis saber Camila.

— Não vi — mentiu Eurico.

— Mas como teve certeza de que ele estava morto? — inquiriu Reina, o gênio das aulas de Matemática. — Ele podia ter caído e batido a cabeça...

— ...ou ter sofrido um infarto... — completou Camila.

— Um ataque epilético... — disse Nemaila.

— Pessoal...

Ao falar assim, de modo tão enfático, Eurico chamou para si a atenção de todos:

— ...um homem caído, a porta aberta e...

— E... — repetiram todos, adivinhando ali algo importante que Eurico escondia.

"Para a turma, não haveria problema", pensou o rapaz, em rápida reflexão.

Eurico calculou bem a distância entre eles e o PM:

— ...um homem suspeito descendo apressado as escadas minutos depois do crime, o que vocês iriam pensar?

— Ei, que homem apressado era esse? — indagou Reina, como se fosse um investigador de polícia, e não o seu leal concorrente ao coração de Marina.

— Ssshhhh... — fez Nemaila, censurando a altura da voz de Reina.

Antes que Eurico respondesse, um homem de óculos escuros se aproximou e pediu ao jovem que o acompanhasse. Era o investigador De Paula. A turma se agitou. Vareta voltava com o lanche.

— Posso ir também, doutor? — pediu dona Norma.

— Claro. Mas não precisa se preocupar. O delegado só vai fazer umas perguntas a ele.

Antes de entrar na sala do delegado, porém, Eurico teve de dar passagem para o porteiro. Ele saiu apressado, sem olhar para ninguém. Parecia querer sumir o quanto antes daquele ambiente.

CUIDADO COM A IMPRENSA!

O DELEGADO se chamava Gilberto. Era um homem baixo e magro, de movimentos ágeis, e tinha um bigode que parecia entrar pela boca.

Depois de pedir a Eurico e a sua mãe que se sentassem, doutor Gilberto acendeu um cigarro e passou a fazer perguntas elementares ao rapaz. Nada que o obrigasse a mencionar o homenzinho que ele vira na escada. Eurico respondeu a tudo sem embaraço, esforçando-se para não parecer afetado. No final, sentiu que ganhara a simpatia e a confiança do delegado.

O investigador De Paula é que o observava com olhar pouco amistoso, próprio talvez daquela profissão de desconfiar de tudo e de todos. Mas no final terminou sendo simpático com ele, dando-lhe um tapinha solidário nas costas e acompanhando-o até onde estava a turma.

— Estou liberado, doutor? — perguntou Eurico ao investigador, mais para se despedir do que por dúvida. Já tinha sido liberado pelo doutor Gilberto.

— Claro. Mas o inquérito está apenas começando. E cuidado com a imprensa, hein!

Foi somente ao se aproximar da porta da delegacia que Eurico entendeu o que o investigador De Paula quisera dizer com aquela frase. Havia um batalhão de repórteres, fotógrafos e câmeras aguardando sua saída. A muito custo foi atravessando aquela floresta de mãos e luzes. Sentiu na pele como deviam se sentir as pessoas famosas, as estrelas, e desejou nunca se tornar uma delas.

O que Eurico mais queria naquele momento era conversar com a turma do *Carpe*, seu *alter ego* nos momentos em que a barra pesava. Sentiu saudade dos cafezinhos com pão de queijo que dona Norma costumava servir nas reuniões da turma. Uma saudade que ele não entendia bem, quase uma nostalgia, como se nunca mais aquelas conversas fossem acontecer.

Eurico sabia que somente entre seus amigos teria coragem de dizer o que tinha visto. E sentia um forte desejo de botar tudo o que sabia pra fora.

Os jornalistas, porém, mostraram-se implacáveis. Seu Júlio ainda tentou improvisar uma entrevista coletiva, mas o ímpeto com que os repórteres investiam na busca de respostas impedia qualquer iniciativa.

Uma voz possante se fez ouvir de repente, vinda de fora do bolo de jornalistas:

— Deixa o garoto falar! — ordenava.

Todos se voltaram para o dono da voz. Era de um repórter franzino que mal cabia em sua jaqueta de couro preta. Eurico logo o reconheceu da televisão. Tratava-se de Borba Gato, o jornalista policial que intermediara o contato entre Reina e Bóris Mariano. Mas os repórteres fecharam novamente o cerco em torno de Eurico, impedindo-o de chegar ao carro que o levaria para casa.

Sem saída, o jovem falou à imprensa. Deu as mesmas informações que havia dado ao doutor Gilberto. Muitos insistiram em querer saber se ele tinha visto alguém entrando ou saindo do prédio. A pergunta era tentadora. Porém Eurico já tinha decidido: por enquanto, somente a turma deveria saber sobre o homenzinho de sotaque castelhano que ele vira na escada. O aviso do investigador De Paula piscava como um luminoso de néon em sua memória.

CAFEZINHOS, PÃES DE QUEIJO E PLANOS OCULTOS

CHEGANDO em casa, assistiram aos noticiários do horário nobre. A morte de Bóris Mariano foi a principal notícia da noite. Imagens do escritor recebendo prêmios e sendo entrevistado foram repetidas à exaustão. Frases suas, principalmente as que se referiam à ditadura militar, foram reproduzidas entre aspas. Amigos e intelectuais deram seus depoimentos, não economizando palavras para colocar Bóris Mariano entre os grandes humanistas de seu tempo.

Quanto ao crime, as investigações já tinham começado. Havia uma certeza inicial: não fora assalto. As joias e outros bens valiosos que o escritor mantinha em seu apartamento permaneceram intocados. Por enquanto, a polícia ouvira apenas o porteiro do prédio onde o escritor morava e o estudante que havia encontrado o corpo. A reportagem destacava que a principal testemunha do crime era menor de idade, apresentando apenas as iniciais do seu nome. *Takes* do depoimento do porteiro e da saída tumultuada de Eurico da delegacia foram levados ao ar por alguns segundos. A voz do locutor vinha embargada. O clima era de comoção. Bóris Mariano tinha se tornado muito conhecido depois que alguns de seus livros viraram minisséries e telenovelas de sucesso. Ele sempre tivera enorme empatia com o povo.

No mesmo instante em que o locutor se despedia com o costumeiro boa-noite, dona Norma entrava na sala com os pães de queijo e os cafezinhos fumegantes nas xícaras. Embora estivesse na cozinha, tinha ouvido toda a reportagem.

A campainha tocou. Seu Júlio foi atender.

— Tomara que não seja nenhum jornalista.

Eurico chegou a pensar que pudesse ser Borba Gato. Achara estranho o modo como ele agira na porta da delegacia. Pensando bem, o homem que os colocara em contato com Bóris Mariano era um sujeito meio esquisito.

O pai de Eurico abriu a porta. Era Marina. Estava de óculos escuros e cabelo preso. Mais linda do que nunca. Sua preocupação fez bem ao espírito de Eurico. Mas o pedido de namoro teria de esperar outra oportunidade.

Todos já tinham se acomodado. A sala estava cheia. Parecia dia de jogo da Seleção na Copa.

— Agora conte, Eurico — pediu Nemaila. — Quem era o homenzinho que você viu no prédio?

Seu Júlio, mão no queixo, arrastou um olhar de preocupação para a mulher.

— Bom, quem ele é eu não sei. Mas é quase impossível que não esteja envolvido com o crime. Estava muito nervoso e apressado quando passou por mim. Além do mais, levava umas pastas cheias de papéis, disquetes, umas coisas meio estranhas.

— Mas... e o porteiro? — quis saber Vareta. — Não viu esse homem também?

— Aí é que mora o mistério — disse Eurico com ar pensativo. — Se ele entrou no prédio e depois saiu, na certa o porteiro deve ter visto ele. Mas eu não tenho certeza. Quando o PM perguntou se alguém tinha visto estranhos no prédio, ele não disse nada. Por isso, não contei nada ainda pra polícia sobre esse tal homenzinho. Quero saber primeiro o que o porteiro falou ao delegado.

— Vai ver que o homenzinho mora no prédio... — disse Nemaila.

— Pode ser — admitiu Eurico, absorto em seus pensamentos. — Mas prefiro esperar pra ver o que o porteiro falou. O homenzinho tava muito atrapalhado na escada. Não acho que era um simples morador.

Era a deixa que dona Norma esperava para entrar na conversa:

— Eurico, não estou gostando nada dessa história de o meu único filho esconder coisas da polícia. Podem achar que você está envolvido no crime... Sabe como é a polícia. E, depois, não sabemos quem é o criminoso. Se for mesmo esse tal homenzinho, pode querer fazer algo contra você. Se vingar, sei lá...

— Queima de arquivo — lembrou seu Júlio, apertando os lábios, sério.

Se Eurico conhecia bem seus pais, eles falavam manso, não queriam melindrar seus amigos, mas a ordem ele já sabia qual era: contar tudo ao delegado na manhã seguinte e se afastar do caso. E Eurico até achava que eles estavam certos. Porém, não julgava que agira errado ao não dizer nada ao delegado sobre o tal homenzinho. Também tinha para si que não fizera mal ao não revelar nada à imprensa. Foi a forma que encontrara de ganhar tempo, tentar se proteger.

Reina ruminava seus pensamentos a um canto:

— Mas, se esse tal homenzinho não se sentir ameaçado, nem vai se lembrar do Eurico — deduziu. — E depois, quem sabe, deve ser um matador de aluguel. Matou, pegou a grana e deu o fora. Talvez nem esteja mais no Brasil. O Eurico não disse que ele falava espanhol?

O raciocínio de Reina inflamava a discussão.

Seu Júlio percebeu que aquela opinião de Reina pareceria perigosamente sedutora para a turma. E para os planos ocultos da turma, que ele e dona Norma já adivinhavam em cada nova opinião.

— Ainda assim... — ponderou o pai de Eurico. Dirigia-se a todos, não só a seu filho. — Não sabemos quem foi o mandante do crime. Pois, se o homenzinho for um matador de aluguel, alguém deve estar por trás do crime.

Porém, Reina — campeão de xadrez na escola — parecia ter tudo armado na cabeça:

— Mas seja ele quem for, não deve saber que Eurico cruzou com o suposto criminoso na escada — insistia.

— O que significa que Eurico estará seguro se a imprensa não souber desse encontro — emendou Vareta.

Seu Júlio e dona Norma compreenderam que a parada não seria fácil. Não queriam baixar a linha dura, mas em último caso...

— Enquanto isso, deixaremos a polícia sem saber por onde começar — ironizou dona Norma. — Que queiram dar uma de escritores, de intelectuais, tudo bem, é até bacana. Mas quererem bancar os detetives... E ainda mais num caso tão sério como esse...

Todos se calaram. E o silêncio deu força aos argumentos da mãe de Eurico.

— Mamãe tem razão — disse por fim Eurico. — Amanhã vou até a delegacia e conto tudo o que vi para o doutor Gilberto. Além do mais, se o homenzinho que fala espanhol for mesmo o criminoso e resolver sair do país, só a polícia poderá pegá-lo.

Um silêncio mais pesado seguiu-se à decisão de Eurico. Ninguém sabia se ele afirmara aquilo apenas para despreocupar seus pais ou se falava sério. Talvez nem ele próprio soubesse. Mas todos pareciam concordar que só a polícia poderia prender o homenzinho, caso ele pretendesse sumir do mapa. Se é que já não tinha sumido.

OLHO ABERTO 24 HORAS POR DIA

Os jornais deram bastante destaque à morte de Bóris Mariano. Algumas manchetes:

ASSASSINADO O ESCRITOR BÓRIS MARIANO

BÓRIS MARIANO ASSASSINADO EM SEU APARTAMENTO

BÓRIS MARIANO ESTÁ MORTO

MORTE DE ESCRITOR INTRIGA A POLÍCIA

A turma tinha marcado encontro com Eurico na banca do Pedro.

— Às oito em ponto! — cochichou-lhe Nemaila à saída, na noite anterior.

— Às oito — confirmou Eurico na mesma hora, mais por reflexo do que por cumplicidade, como costumava ser. Na certa, a turma queria tirar a limpo aquele assunto de deixar o caso com a polícia.

Quando Eurico chegou, a pontual Nemaila já estava lá. Lia um jornal, apoiada no pequeno balcão onde Pedro deixava os jornais gratuitos. Pedro arrastava um trem pela garota. Mas ela, ao que parecia, só o queria como amigo.

Reinaldo e Vareta vinham chegando logo atrás, surgindo em meio à cerração que o sol ainda não dissipara. Marina e Camila não apareceram.

Pelos jornais, a turma soube que Bóris Mariano levara dois tiros de revólver calibre 22 mm, uma arma muito eficiente, de estampido surdo, própria para crimes "discretos". Os policiais que fizeram a perícia não encontraram sinal de luta. Mas, ao contrário do que os telejornais informaram na noite anterior, existiam agora, após exames mais detalhados, indícios de que o criminoso realizara um roubo. Um estranho roubo.

O computador em que Bóris Mariano vinha escrevendo ultimamente — um velho 286 — tivera seus circuitos eletrônicos inteiramente destruídos. Ainda segundo os jornais, no chão, embaixo da mesa da impressora, fora encontrado o pequeno porta-disquetes do escritor, vazio e com a tampa de acrílico arrancada com violência. E mais: o escritor, que era viúvo, estava sem empregada havia uma semana, segundo alguns vizinhos.

A polícia trabalhava com a hipótese de que o criminoso houvesse entrado no prédio minutos depois de Bóris Mariano ter saído para almoçar. Alguns de seus amigos do prédio confirmaram que, quando se tratava de comida, o escritor era muito metódico. Ao meio-dia, pontualmente, ele era visto saindo para almoçar, só retornando perto das duas. Assim, conforme deduzia a polícia, o assassino teria tido tempo suficiente para recolher o que lhe interessava antes de cometer o crime.

— E o que diz aí sobre o porteiro? — quis saber Eurico.

— Apenas que não viu nenhum estranho entrar no prédio, a não ser o jornalista — respondeu Nemaila.

— Eu sabia! — Eurico destemperou.

— O porteiro é a chave, pessoal — deduziu Reina.

Pedro, que também acompanhava o caso, resolveu opinar:

— Sei não, Reina. Acusar alguém sem provas não é uma boa.

— Mas não tem dúvida! — exclamou Vareta.

— Não tem mesmo! — enfatizou Eurico.

Reina também não tinha:

— E deve ter sido ele quem deu a dica sobre a ausência da empregada.

— Claro! — confirmou Vareta. — Mas o Pedro tem razão. Precisamos de provas.

— Mas, antes, a polícia — lembrou Eurico. — Ou vocês já esqueceram que meus pais querem a gente bem longe dessa história toda?

Reina interveio:

— Tudo bem, mas a gente não vai desistir, não é, Eurico?

— Não sei — disse Eurico.

— Mas você tá com a chave do crime na mão, cara! — Reina falou. — Só precisa agir com cuidado. Seus pais não precisam ficar sabendo.

— Não sei, Reina. Te juro que não sei.

Naquela mesma manhã, Eurico foi com seu Júlio à delegacia. Doutor Gilberto os recebeu com cordialidade e entendeu as razões de Eurico. Quis ter a certeza, porém, de que dessa vez o adolescente tinha contado tudo o que sabia.

— Pode confiar, doutor — garantiu seu Júlio. — O garoto contou tudo.

Quase tudo. Tinha uma coisa que o delegado ficara sem saber.

— Por que disse ao porteiro que era jornalista? — ele perguntou.

Eurico pensou um pouco. Seu Júlio não ia gostar. Mesmo assim ele respondeu:

— Sou jornalista desde que nasci.

Uma risada simpática se desenhou na face do doutor Gilberto. Seu Júlio suspirou. O delegado tinha ido mesmo com a cara do rapaz.

Mas havia um problema. Aliás, problema era apelido: era um problemão. Doutor Gilberto não podia atender ao pedido de seu Júlio de que a imprensa não ficasse sabendo da revelação sobre o homenzinho. O retrato falado dele, que seria montado com as descrições passadas por Eurico, era um dos pontos de partida de que a polícia dispunha no momento. Tratava-se de um caso rumoroso, qualquer suspeito devia ter seu rosto estampado nos jornais do país inteiro.

— O senhor já deve ter percebido que a imprensa às vezes atrapalha o nosso trabalho. Mas tem hora que ela é de grande valia.

— Mas e a segurança do meu filho? — exasperou-se seu Júlio.

— Eu entendo sua preocupação, seu Júlio. Mas o senhor tem de confiar na polícia. Quando pusermos as mãos no assassino, não haverá mais perigo para o menino.

— E enquanto não o pegarem?

— É ficar de olho aberto 24 horas por dia.

E DAÍ SE A CAPITU TRAIU O BENTINHO?

A PEDIDO dos pais, Eurico não foi ao colégio naquela noite. Ficou em casa pondo em ordem suas coisas, o modo que encontrara de retomar sem sobressaltos a rotina interrompida. Mas, sabia, ia demorar um bom tempo para que sua vida voltasse a ser como antes. Enquanto a polícia não desvendasse a morte de Bóris Mariano, ele e os pais não viveriam tranquilos. E Eurico teria de conviver com os fantasmas que começavam a habitar sua memória: o corpo de Bóris Mariano caído, o ambiente nebuloso da delegacia, o assédio da imprensa...

Eurico ouvira o pai falar em mudança. Mudança de casa, devia ser. Agora era assim, seu Júlio e dona Norma andavam aos sussurros pela casa. E Eurico sabia bem do que falavam. Sentiam que naquela casa o filho estaria muito exposto. Não seria difícil para o criminoso encontrá-lo e vingar-se das denúncias que o menino fizera na polícia.

Sozinho no quarto, os 16 anos de Eurico pesavam como nunca. Incomodava-o a situação em que colocara seus pais. Os velhos ofereciam o melhor que podiam a ele. Viviam modestamente, mas nada lhe faltava. E ele, a não ser o fato de nunca ter repetido um ano, que retorno tinha dado aos pais? Acatara o pedido de seu Júlio de não trabalhar antes do período militar, para não prejudicar os estudos. Mas, mesmo não trabalhando, pedira transferência para o horário noturno. Não queria perder o contato com a turma, que tinha passado para o noturno também.

Tudo bem, aquela história da morte do Bóris Mariano fora um acaso terrível. Podia ter acontecido com qualquer um. Acontecera com ele. Mas, também, por que tinha de dar uma de jornalista? Não era jornalista. Era um adolescente ainda. E filho de pais pobres. Que necessidade tinha de se meter com gente da alta sociedade? O que queria provar aos outros, bancando o jornalista?

E por que, além de jornalista, queria ser também escritor? Nenhum de seus amigos tinha aquela pretensão. Ramiro, filho do seu Manuel do

bar, já trabalhava como contínuo num banco. Tinha 15 anos. Renato, filho do seu Luís do sobrado, entrara para o Senai, fazia curso de ajustador mecânico. Quatorze anos. Enquanto ele, cujos pais davam um duro maior do que os pais de Ramiro e Renato, passava o dia enfiado na leitura de poetas e romancistas, sonhando se tornar um deles um dia.

Deitado na cama, olhando para o teto, um sentimento de culpa crescia dentro de Eurico. Lembrou que, mesmo que quisesse, não poderia procurar emprego agora.

Um emprego... Seria a melhor coisa para esquecer toda aquela história. Fazer novas amizades, aprender outras coisas, quem sabe um ofício. Afinal, nem sabia se conseguiria chegar à faculdade.

Renato e Ramiro, sim, sabiam o que queriam da vida. Nenhum tinha lido Dostoiévski, Eurico tinha certeza. Nem Kafka, nem Machado de Assis. Quer dizer, Machado de Assis podia ser que sim, porque a professora de vez em quando pedia. Mas só porque a professora pedia. E ainda assim, no dia da entrega dos trabalhos, muitos alunos vinham desesperados pedir a Eurico que incluísse seus nomes no trabalho dele. Era assim mesmo. Para eles, que importância tinha se a Capitu havia ou não traído o Bentinho?

Eurico ouviu o relógio da sala bater sete e meia. Àquela hora, a turma devia estar reunida na mesa da cantina. Sobre o que estariam conversando?

Reina prevenira Eurico de que todos na escola aguardavam febrilmente sua presença. Ao se lembrar desse aviso, Eurico teve a certeza de que fizera bem em ficar em casa. As aulas daquela noite se transformariam numa segunda entrevista coletiva, com alunos e professores fazendo o papel de repórteres. Resolveu que só na segunda-feira retornaria às aulas.

Agora olhava para alguns livros na escrivaninha. No criado-mudo estavam seus livros escolares. E, junto deles, seu bloco de anotações. Tudo intacto desde a manhã em que saíra para entrevistar Bóris Mariano.

Eurico abriu o bloco na folha onde escrevera as últimas anotações antes do encontro com Bóris Mariano. Eram observações tiradas de uma entrevista que o escritor concedera à revista *Parágrafo*, um mês antes de sua morte. O jovem colecionava essa revista desde o primeiro número.

Releu a entrevista. Nela o escritor falava de sua carreira e de seu exílio. No final, revelava estar escrevendo suas memórias. Tão longe, tudo aquilo, do dia a dia de Ramiro no banco ou das oficinas do Senai, onde Renato aprendia uma profissão.

Alguém deu três toques secos na porta, abrindo-a em seguida. Era seu Júlio, avisando que o telejornal das oito estava começando. O rapaz moveu-se até a sala e largou-se numa das poltronas. Os pensamentos do quarto o acompanharam.

No sofá, dona Norma e seu Júlio aguardavam apreensivos novas informações sobre o caso Bóris Mariano. Na certa imaginavam que o mandante do crime assistia ao noticiário de camarote, em algum ponto seguro da cidade.

TODAS AS GAROTAS DO PLANETA

NA sexta-feira de manhã, o céu estava muito escuro. Eurico tinha acordado cedo e olhava pela janela enquanto tomava café. A cara do tempo pareceu-lhe o próprio espelho de seu espírito: nublada, sombria, carregada e cercada de presságios.

Vareta e Reina vieram chamá-lo cedo. Ficaram preocupados com sua ausência na noite anterior. Não pelas matérias. Eurico era excelente aluno, recuperava rapidinho. Mas com o que devia estar passando pela cabeça do amigo. Conheciam Eurico desde o primário. Aquilo, quando encasquetava com alguma coisa...

Na aula, todos tinham perguntado por ele. Os professores, os alunos, até o diretor. Só Marina e Camila é que não. As duas permaneceram o tempo todo em suas carteiras, "muito na delas", como descreveu Vareta. É que os pais das garotas tinham pedido que se afastassem da turma. Pelo menos foi o que elas disseram a Nemaila no intervalo. Não queriam perder a amizade do pessoal. Mas os pais radicalizaram, fizeram sermão, ameaçaram cortar a mesada. O que elas podiam fazer?

Eurico não quis comentar, mas ficara chateado por Marina. Pudera, há dois dias as iniciais de seu nome não saíam das páginas policiais. Um possível namoro com a garota, àquela altura, pareceu-lhe impossível.

— E então, Eurico? — perguntou-lhe Reina.

Eurico ainda pensava em Marina.

— E então o quê?

— E então? — tornou Reina.

— Alguma novidade? — ajudou Vareta.

— Por enquanto nada.

— Como nada? — espantou-se Reina. — A polícia tem que começar de algum ponto.

— Pois é, mas estão na estaca zero — disse Eurico, desanimado. — Deu no rádio que eles interrogaram o porteiro de novo, mas ele disse as mesmas coisas. Também foram atrás da última empregada de Bóris Mariano, mas parece que ela sumiu.

— Acho que deviam mesmo ir atrás da empregada — disse Reina. — Aí tem.

— A essa altura, o homenzinho já sabe que você o viu e fez o retrato falado dele para a polícia — argumentou Vareta.

— Ele pode querer apagar você — emendou Reina.

Tiveram de interromper a conversa, pois dona Norma vinha saindo com uma sacola cheia de roupas. Eurico conhecia bem a mãe e adivinhou em seu semblante alegre a possibilidade de boas vendas naquele dia. Era o seu ganha-pão aquele ir e vir à casa das freguesas, muitas delas suas amigas de longa data. Sua boa disposição para o trabalho e o bom-humor constante lhe garantiam uma freguesia fiel e pontual nos pagamentos. Chegava a tirar num mês o dobro do que seu Júlio recebia como aposentado.

Dona Norma cumprimentou os meninos, deu um beijo no filho e foi subindo a rua, parecendo aligeirar os passos à medida que se distanciava. As reflexões da noite anterior acudiram rapidamente à memória do rapaz. Ele correu os olhos pelos dois amigos. Vareta e Reina esperavam dele um sinal, uma palavra de ordem, um grito de guerra. Estavam à cata de aventura e pareciam não entender o que pudesse estar passando pela mente de Eurico.

Às vezes Eurico achava que não podiam mesmo entender. Os dois viviam uma realidade muito diferente.

Reina andava pra cima e pra baixo a reboque de Vareta. Ou Vareta é que vivia grudado em Reina. Ambos eram filhos de pais separados, mas nada lhes faltava. Andavam sempre com roupas da moda, tênis importados, e às vezes passavam tardes inteiras jogando conversa fora no

Maluquet's, lanchonete do bairro onde se reuniam as *bad girls* do Carvalho Senne. Foi para isso que se transferiram para o horário noturno. Além, é claro, do prestígio que estudar à noite costumava render entre as garotas do bairro.

De vez em quando convidavam Eurico para ir lá, tomar "alguma coisa". Eurico desconversava. Aceitara o convite uma vez e decepcionara-se terrivelmente. Não só havia ali uma turma de rapazes e moças que nada tinham a ver com Eurico e seu mundo como Vareta e Reina se transformavam ao simples contato com aquele ambiente.

Na única tarde em que havia pisado no Maluquet's, Eurico passou minutos que pareciam séculos com uma garrafa de refrigerante sobre o balcão, ouvindo um rapaz louro e robusto, chamado Jobson, contar suas aventuras e conquistas amorosas. Eurico detestou estar ali. Jobson dizia que conquistava as garotas que quisesse no momento que bem entendesse. Falava delas com desprezo e dava a entender que, quanto mais as desprezava, mais elas ficavam no seu pé. A plateia achava aquilo o máximo. Reina, que Eurico achava tão inteligente, também se babava pelo alemão metido a dom-juan. Não impunha ali sua superioridade cerebral. Simplesmente se deixava levar pelo raciocínio mauricinho do Jobson.

Depois desse dia, Reinaldo e Vareta cansaram de convidar Eurico para lanchar no Maluquet's. Ele desconversava como podia, dizia que queria terminar a leitura de um livro, que precisava ajudar a mãe numas contas, que ia estudar para as provas. Nada. Queria era não ter de passar a mesma raiva de novo.

Sempre que se lembrava daquela tarde, Eurico sentia muito claro que, embora Vareta e Reina fossem seus melhores amigos do Carvalho Senne, havia neles algo que ele não possuía. Uma malícia, uma malandragem do mundo, um jogo de cintura. E aquela falta se estendia para o terreno das conquistas amorosas, no qual Jobson era mestre. Era natural que Vareta e Reina idolatrassem Jobson. No fundo, queriam ser como ele e poder conquistar todas as garotas do planeta.

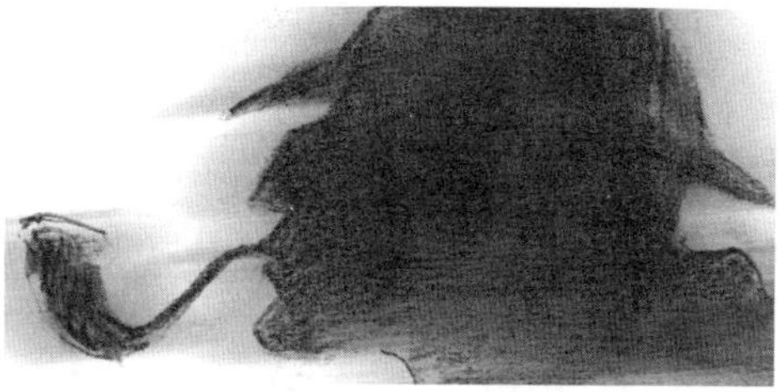

ERA UMA VEZ UM JOVEM ESCRITOR

— E ENTÃO? — Reina voltava à carga.

— Se é o que eu estou pensando, não — disse o rapaz.

Vareta olhou para Reina. Aquele não era o Eurico que eles conheciam.

— E o que você está pensando? — quis saber Reina.

Eurico desceu da mureta onde estava sentado.

— Reina, não temos recursos nem experiência para entrar numa roubada dessas.

— E se eu te provar que temos? — desafiou Reina.

— É loucura, Reina — advertiu Eurico. — Essa gente não está brincando. Mataram o Bóris. Matar a gente vai ser café pequeno pra eles.

— Tenho um plano.

— Sem planos, Reina — Eurico falou. — Corta essa.

— Os pais da gente não precisam ficar sabendo — lembrou Vareta.

— Tá certo — disse Eurico, gesticulando pra si mesmo que esgotara todos os recursos contra Reina e Vareta. — Vou ouvir. Mas dificilmente vão me convencer.

Os três foram para a cozinha da casa de Eurico. Uma tempestade começava a se armar.

— Pode começar, Sherlock Holmes da Zona Leste — brincou Eurico. Ele tinha acabado de ler uma história do famoso detetive.

Os três riram.

— Seguinte — começou Reina. — Na minha opinião, o porteiro deve ser a primeira pessoa a ser investigada.

Um relâmpago iluminou a manhã e a cozinha.

— Até porque — prosseguiu Vareta — ele é a única pessoa ao nosso alcance no momento.

— Tá — disse Eurico, irônico. — Vocês viram o tamanho do homem. Se ele desconfia que estamos atrás dele, faz picadinho da gente. Além do mais, se a polícia o interrogou novamente, é porque está no encalço dele. Deve ser o suspeito número 1.

— Pô, Eurico! — exclamou Vareta. — Assim não dá!

— Eu disse que ia ser difícil me convencer — respondeu prontamente Eurico. — Afinal, a troco de quê eu vou entrar numa encrenca dessas?

— Elementar, meu caro Watson: para livrar a própria pele — disse Reina. — Não vê que o tal espanhol pode querer matá-lo?

— Reina... Vareta... — Eurico encarou os dois amigos. — Não é por mim que eu não entro nessa. É pelos meus pais. Essa história tirou o sono deles.

Reina, num gesto de impaciência, foi até a porta olhar o tamanho da tempestade que se formava. Com as mãos enfiadas nos bolsos da japona, ficou olhando para o céu, pensativo. Vareta foi até a pia e sacudiu a garrafa térmica pra ver se tinha café.

— Tá quente — disse Eurico.

Reina voltou-se.

— Você é que sabe — advertiu. — Só acho que sua vida corre perigo. Ouvi no rádio que a polícia já está atrás do homenzinho por indicação sua. Logo logo, ele vai te procurar, pode ter certeza. Ou senão o porteiro. E aí, meu amigo... era uma vez um jovem escritor.

LEDO IVO ENGANO

EURICO abriu os olhos e não ouviu nenhum ruído na casa. O som dos passos de dona Norma na cozinha fora substituído por um pesado silêncio. Lá fora, o pastor-alemão de dona Dalva latia, e aquele som penetrava fundo no ouvido. Era sinal de que o dia já caminhava a meio e a rua, pouco frequentada nos dias de semana, estava agora com o costumeiro movimento dos sábados.

O jovem tinha dormido no sofá da sala. Gostava daquele canto da casa. A luz da lua, quando havia lua, entrava pelo vitrô e funcionava como uma espécie de luminária gigante. Por isso, Eurico deixava as cortinas abertas. Ali, alta noite, lia seus autores favoritos. Dostoiévski, Dickens, Kafka... e uma descoberta recente: Érico Veríssimo.

Tinha um gosto especial pela leitura noturna. O silêncio daquelas horas era sagrado para ele. Vez por outra, quando se achava no meio de uma leitura, dona Norma, com a voz carregada de sono, o chamava do quarto. Queria ver se o filho ainda estava acordado. Eurico resmungava qualquer coisa num sotaque noturno que a mãe entendia. Não podia deixar de responder, senão ela se levantava e vinha fechar as cortinas, que Eurico muitas vezes esquecia abertas.

A mãe já tinha saído para suas vendas. O pai devia estar no campo de bocha, seu habitual divertimento nas manhãs de sábado. Eurico levantou e foi até o banheiro. O sol voltara, tímido, e entrava pela abertura do pequeno vitrô. Lavou o rosto, escovou os dentes e se enxugou com a toalha felpuda do tipo que dona Norma comercializava em suas andanças.

Saiu do banheiro e parou pensativo na cozinha: "Esse Reina é mesmo um louco". Pegou uma xícara no armário e encheu-a de café. Sobre a mesa, dentro de um saquinho amarrotado, dois pãezinhos franceses o esperavam. Tirou um deles, cortou-o ao meio, passou manteiga. Ia dar a primeira dentada quando seus olhos pousaram num envelope que estava no chão, deixado através do vão da porta. Mordeu o pão, sorveu um gole apressado de café e abaixou-se para pegar o impresso.

Era um envelope meio-ofício, sem destinatário nem remetente. Eurico voltou para perto da mesa e abriu-o. Dentro dele uma folha de papel sulfite trazia em letras recortadas de jornais uma mensagem terrivelmente familiar ao jovem:

MUCHAS GRACIAS. E.V.D.

Eurico empalideceu ao ler a mensagem seguida de suas iniciais. Entendera depressa que o tal homenzinho tinha estado ali, na porta de sua casa. Poderia tê-lo matado, se quisesse. Reina tinha razão. Corria sério risco de vida.

Depois de se certificar de que a porta estava fechada, entrou no banheiro para um banho rápido. Sentia-se como vivendo um pesadelo. E o pesadelo, ele pressentia, apenas começava.

Sob a água morna do chuveiro, uma dúvida surgiu em sua mente: devia avisar a polícia? Se o gringo soubesse de sua nova denúncia, na certa viria matá-lo. Já conhecia seu endereço. Concluiu rapidamente que não. A polícia até agora não o ajudara muito, apenas lhe causara mais insegurança. Também não devia dizer nada aos pais. Iam ficar muito nervosos. Já lhes bastava o peso da vida dura que levavam. Só lhe restava...

Por coincidência, ouviu a voz de Reina chamando ao portão. Estava justamente pensando nele. Não acreditou quando olhou pelo postigo e viu a turma toda na calçada. Que alívio vê-los ali, depois do susto por que passara.

Então disparou a censurar-se. Como podia ter duvidado das premonições sensatas de Reina? Ele estava certo, certíssimo. O fato de ter tropeçado no assassino na entrada do prédio colocava-o numa posição perigosa. Claro, claro. Como tinha sido burro... Não restava dúvida de que deveriam eles próprios fazer uma investigação paralela, uma vez que desconfiavam do envolvimento do porteiro. Aliás, agora não era só o porteiro que estava ao alcance deles. O gringo também andava por perto.

Eurico afivelou o cinto da calça, correu a mão pelos cabelos ainda úmidos e, antes de abrir a porta, olhou uma vez mais pelo postigo. Queria ter certeza de que eram mesmo seus amigos que o esperavam. Tanta coisa tinha acontecido naquele confuso quarto de hora que ele se sentia como se houvesse entrado numa espécie de alucinação. Mas não. Lá estavam eles na calçada, e pareciam alegres. Uma alegria que passava a anos-luz da aflição de Eurico.

Com um assobio e um gesto de mão, fez sinal que entrassem. Por precaução, antes percorreu com os olhos um amplo trecho da rua, para ver se não havia nenhum estranho nas proximidades. "Devo estar pirando", pensou.

Seus velhos amigos estavam agora na sala. Eurico, lívido.

— Que cara é essa, Eurico? — observou Reina. — Até parece que viu fantasma.

— É mesmo, Eurico — confirmou Nemaila. — O que houve?

— Antes fosse fantasma — disse Eurico, indo buscar a folha de sulfite. — Deem uma olhada nisto.

Os três se juntaram na mesma poltrona para ler a mensagem.

— Que significa isso? — indagou Nemaila, os dois olhões negros viajando da mensagem para Eurico.

— Exatamente isso que vocês pensaram.

Reina, perplexo, ainda pedia uma confirmação:

— Você quer dizer que o espanholzinho esteve aqui?

— Não só esteve como poderia ter acabado comigo, se quisesse.

Mal Eurico terminou de falar, Reina levantou-se e pôs a mão no queixo:

— Bom... — principiou, irônico.

Mas Eurico já sabia o que ele ia dizer:

— Reina, dou a mão à palmatória. Você tinha razão.

Nemaila, porém, achava que eles não podiam perder tempo:

— Pessoal, vamos deixar esse assunto pra depois — disse. — Precisamos traçar um plano o mais depressa possível. E, quanto a nossos pais, bico calado.

Os três se olharam e concordaram com a garota: bico calado.

PESQUISANDO DOSTOIÉVSKI

CONFORME o plano traçado, Eurico e Nemaila ficaram de acompanhar as investigações e pesquisar tudo sobre Bóris Mariano. O que tinha saído nos jornais não era tão importante agora. Era preciso pesquisar o que não tinha saído na imprensa.

Era a parte mais fácil. A menos perigosa, pelo menos. Mas tratava-se de uma parte importante do plano. Implicava responder uma pergunta para a qual a polícia ainda não tinha resposta: que motivos teria alguém para matar Bóris Mariano?

A parte mais perigosa ficara a cargo de Reina e Vareta: investigar o porteiro. Ali estava a chave do crime, segundo as suspeitas de Reina.

No domingo à tarde, Nemaila apareceu na casa de Eurico. Dona Norma achou estranho ela ter vindo sozinha, sem a turma. Chegou a suspeitar de namoro quando os dois se fecharam no quarto e começaram a conversar em voz baixa. E eles nem desconfiaram que dona Norma pensava isso deles. Seria um bom álibi para poderem pesquisar sem provocar suspeita.

Lá pelas tantas, a mãe de Eurico, ao levar suco de laranja e alguns pães de queijo ao quarto, perguntou sobre o que pesquisavam os dois com tanto sigilo. A Nemaila, com sua simpatia e seu jogo de cintura, fez dona Norma acreditar que iam escrever uma matéria para o jornal. Um texto sobre um escritor russo, um tal de...

— Como é mesmo o nome dele, Eurico?

— Dostoiévski.

— Isso, Dostoiévski.

Decidiram iniciar a pesquisa pela entrevista que Bóris Mariano tinha dado à revista *Parágrafo*, um mês antes de sua morte. O escritor, que gostava de falar, não economizara palavras nas respostas. Porém, nada havia na entrevista que levantasse suspeitas sobre quem quer que fosse. Só literatura, literatura e literatura.

Nemaila tinha trazido um volume de uma coleção vendida em bancas sobre escritores brasileiros. O volume da letra M, de Mariano. Ali, sim, havia fatos em quantidade. Leram gulosamente a parte biográfica:

Mariano, Bóris — Escritor brasileiro, nascido em Porto Alegre em 25 de setembro de 1926. Produziu seus primeiros contos aos 20 anos, influenciado pelo avô, gaúcho que participou como maragato na Revolução Federalista de 1893. Seu pai, também maragato, participou da Aliança Libertadora em 1923.

Em 1948, publicou seu primeiro livro, o romance *Alexandra*. Vieram depois *A agonia da águia*, de 1950, e *Beatriz meretriz*, de 1954, este um êxito de público e crítica que lhe abriu as portas para uma carreira literária bem-sucedida. Por esse livro, recebeu diversos prêmios importantes da época.

— Tô louca pra saber o que é maragato — comentou Nemaila.

— Eu também — disse Eurico. — Depois a gente olha no dicionário. Olha, aqui diz sobre o casamento dele.

Em 1957, aos 31 anos e já escritor famoso, casou-se com a *socialite* paulistana Memeia Barbiéri Nabuco, com quem teve dois filhos. Em 1958, cobriu a Copa do Mundo na Suécia, fato que começou a torná-lo conhecido do público. Em 1959 publicou *As moças da rua Aurora*, em 1960 *A mocetona* e em 1961 as *Memórias de um maragato*. Trabalhou como cronista na Copa do Chile, em 1962; no ano seguinte, lançou os *Contos paulistanos*. Em 1964, publicou um romance ousado para a época, *As margens da Ipiranga*, e, um ano depois, *Avenida São João na contramão*. A intensa atividade literária não o impediu de assistir à Copa da Inglaterra em 1966 — Mariano é grande apreciador do futebol, torcedor do Internacional de Porto Alegre. Aos 41 anos, em 1967, estreou como teatrólogo, com *O general Oliváceo*, peça que ridiculariza um general e que foi censurada, tendo sido o autor obrigado a depor na polícia. Em 1968, com o AI-5, passou a ser perseguido pelos militares. Escondeu-se no interior do Paraná, de onde fugiu para o Paraguai, Chile e finalmente Peru. Em 1969, enviou matérias para o *Pasquim*, antes de ir para Londres, onde passou a conviver com vários exilados brasileiros e amigos ingleses que fizera durante a Copa de 66.

— AI-5, *Pasquim*... — foi dizendo Nemaila. — A Rosinha vai ter de explicar tudinho pra gente.

A partir de 1970, passou a morar em Paris, onde começou a escrever *O bafejo da morte e outros bafejos*. No ano seguinte, iniciou correspondência com alguns amigos no Brasil, continuando a mandar matérias para a imprensa nanica. Em 1973, *O bafejo*... foi publicado na França. Assistiu à Copa da Alemanha em 1974.

— Ué, esqueceram a Copa de 70! — admirou-se Nemaila.

— Esqueceram nada — disse Eurico, convicto. — Se ele fosse pro México, capaz que os oliváceos fossem lá, pegassem ele e "ó" — completou, passando o indicador pelo pescoço.

No seu aniversário de 50 anos, em 1976, reuniu em sua casa em Paris vários intelectuais brasileiros exilados. Seus livros, então censurados no Brasil, foram publicados com êxito na França, Alemanha Oriental, Polônia, Bulgária, Tchecoslováquia, Albânia, Romênia e União Soviética.

— Claro, tudo país comunista! — disse Nemaila.

— A França não era comunista — corrigiu Eurico.

— Claro que era — confirmou a menina. — O Mitterrand não era socialista?

— Vou fingir que não ouvi essa.

Com a abertura política no Brasil, em 1979 Mariano voltou ao país, sendo recebido por um pequeno grupo de amigos. No ano seguinte, com 54 anos, publicou *Os sacrilégios do coronel*. Em 1983, lançou um livro de contos, a maioria deles escritos ainda no exílio: *Lembranças do quarto escuro*. O ano de 1985 foi marcado pela morte de dona Memeia. Sua obra completa, em três volumes de capa dura, foi publicada em 1988, por ocasião dos quarenta anos de sua atividade literária. Seu nono romance, *A tigresa*, foi lançado em 1991.

A publicação só trazia informações até 1992.

— Ufa! — suspirou Eurico.

— Bom, o resto a gente vai ter de procurar — disse Nemaila, levantando-se. — Você vai à aula amanhã, não vai?

— Claro. Amanhã não tem como.

— Então, amanhã a gente fala com a Rosinha — disse Nemaila. — Ela é craque nesses assuntos.

— E vou aproveitar pra levar um lero com a Marina — informou Eurico.

Nemaila era a única que sabia de sua paixão secreta.

— Acho melhor não, Eurico.

O rapaz fez ar de quem não entendera.

— Tem uma coisa que estou pra te dizer desde que cheguei — revelou Nemaila.

O rapaz olhou-a assustado. Coisa boa não vinha dali.

— A Marina está namorando — comunicou ela, na lata.

Eurico deu um riso amarelo. "A Marina? Namorando?"

Nemaila, à sua frente, olhava-o, solidária.

— Bom, ela não era minha namorada — disse Eurico, tentando disfarçar. — E o Reina sempre jogou limpo.

Aí foi Nemaila quem não entendeu.

— O Reina? Que que o Reina tem a ver com isso?

Que Eurico era amarradão na Marina, Nemaila sabia. Que Reina também era, isso era novidade para ela.

— Você nunca percebeu?

— Não. Sinceridade.

— Era ele ou eu. Deu ele. Paciência.

Nemaila emudeceu por alguns segundos. Não sabia o que dizer. Era melhor não ter dito nada. Agora teria de ir até o fim.

— Mas, Eurico, não é com o Reina que a Marina tá namorando.

— Não?!?

— Não. É com o Jobson.

DOIS JOVENS À PROCURA DE APARTAMENTO

SEGUNDA-FEIRA, nove da manhã.

Em frente à casa de Vareta, Reina mostrava um ar de preocupação. No domingo não conseguira pensar em outra coisa a não ser num meio de arrancar do porteiro alguma pista sobre o homenzinho que falava espanhol. Nenhuma ideia lhe ocorrera. Pelo menos nenhuma que lhe tivesse parecido genial. Pelo jeito, teriam que ir até a frente do prédio e lá avaliar o que fazer. Foi o que fizeram.

Por volta das onze, a manhã se tornara calorenta. Vareta e Reina se aproximaram com cautela do prédio onde Bóris Mariano morava e se instalaram estrategicamente num orelhão próximo. Queriam ganhar tempo e observar o porteiro. Mas o ângulo não ajudava muito. Dali, enquanto simulavam um telefonema, podiam ver apenas o vulto de um homem sentado dentro da guarita. Pela posição, lia alguma coisa, jornal talvez, e fumava muito, pois uma espessa névoa de fumaça envolvia sua cabeça.

Nos poucos minutos em que permaneceram no orelhão, ninguém passou pela guarita. O porteiro se manteve em sua posição de leitor e fumante. De vez em quando levantava a cabeça e espiava o movimento da rua.

Os dois decidiram atravessar a frente do prédio. Vareta pôs o fone no gancho e os dois começaram a andar.

— Puxa um assunto — sugeriu Reina.

— Pô, Reina, puxa você. Você é bom nisso — disse Vareta.

— Por que eu tenho de ser bom em tudo?

— Quem é bom em matemática e xadrez tem que ser bom em tudo.

Próximo ao portão, assumiram o papel de dois adolescentes comuns, como tantos que passavam pelo bairro.

— Disfarça e olha — Reina falou.

Vareta passou os olhos pela guarita e pôde ver a fisionomia do porteiro. Era um homem gordo, careca e de bigode, uma fisionomia que o magrela descreveria em qualquer ocasião.

— Olha você agora — disse Vareta.

Para Reina, o homem não era tão gordo como parecera a Vareta, mas a careca e o bigode eram mesmo sua marca registrada.

— Vamos andar até aquela árvore.

Ao chegarem à árvore, pensaram a mesma coisa: aquele não era o porteiro que tinha deposto na delegacia.

Reina, sempre ele, tinha uma explicação:

— Vai ver eles trocaram de turno e o outro passou para o turno da noite.

— Pode ser — disse Vareta, sem convicção. — Melhor perguntar.

— Pra quem? — indagou Reina.

— Pro porteiro do dia, ora — respondeu Vareta.

— Tenho uma ideia melhor. Tá vendo aquela placa?

— Que placa?

— Aquela onde está escrito "Aluga-se apartamento".

— Estou. Que que tem ela?

— Nós somos dois jovens procurando apartamento para a família, certo? — disse Reina, piscando um olho.

— OK.

Os dois saíram de trás da árvore e foram bater no portão do edifício. Vareta acionou o interfone.

O porteiro se ergueu e dois olhos muito redondos focaram com visível pachorra os dois rapazes. Ouviu-se o ruído do aparelho e em seguida a voz do porteiro solicitando identificação.

— Queremos alugar um apartamento — disse Reina, engrossando um pouco a voz.

O porteiro destravou o portão.

— E agora? — perguntou Vareta, preocupado ao ver que o portão se fechava atrás deles.

— Deixa comigo — Reina sussurrou.

O homem veio ao encontro deles. Perguntou para quem era o apartamento.

— Pra mim e pra minha mãe — respondeu Reina, com prontidão.

— Esse apartamento é pra família grande. Tem três quartos — informou o porteiro. — Quer ver mesmo assim?

Reina não prestou atenção à pergunta, pois maquinava um jeito de dirigir a conversa para outro assunto: o porteiro que fora depor na delegacia.

— Desculpe, não entendi...

— Ele está dizendo que o apartamento tem três quartos, Reina — informou Vareta.

— Ah, sim — disfarçou Reina. — Mas a minha mãe tinha falado com o outro porteiro e ele garantiu que tinha um apartamento menor... Cadê o outro porteiro?

— O Florisval? — perguntou o homem.

Reina sacou na hora a mancada. Deviam ter memorizado o nome do porteiro. Facilitaria as coisas.

— Não sei se o nome dele era Florisval. Era alto, moreno... — foi descrevendo Reina.

— É o Florisval mesmo. Ele não trabalha mais aqui. Foi embora pro Norte.

Reina olhou pra Vareta. O magrela fez um sinal com as sobrancelhas para Reina de que o homem queria saber se ele ia ou não subir para ver o apartamento.

— Bom... nesse caso... então não interessa — desculpou-se Reina. — O senhor pode me responder só mais uma coisa?

O homem destravava o portão.

— Por que o Florisval foi embora?

O porteiro estranhou a pergunta. Mas, para livrar-se logo de Reina, respondeu:

— Parece que vivia sozinho aqui e voltou pra junto da família. Dizem que foi saudade. Mas não foi não. Ele andava metido aí nuns rolos com a polícia, por causa da morte daquele escritor...

— Bóris Mariano — apressou-o Vareta.

— É esse mesmo — disse o porteiro. — Os "polícia" já tinham vindo procurar ele umas duas vezes. Acho que ele fugiu foi de medo.

Vareta e Reina ficaram alguns segundos calados, esperando que o homem desse mais alguma informação.

— Foi até bom — o porteiro continuou. — Ele era muito distraído. Acho que tinha culpa no cartório.

— O senhor sabe pra qual cidade ele foi?

— Isso eu não sei não, senhor — o homem começava a impacientar-se.

De posse daquelas informações, Reina tratou de se despedir:

— Então obrigado e desculpa qualquer coisa.

ROSINHA

À NOITE, Eurico retornou às aulas. Foi recebido com muitos abraços e perguntas, como já era previsto. Professores de todas as matérias o trataram com uma cordialidade que ele não conhecia até então.

Rosinha foi a última a cumprimentá-lo. Negra, magrinha, era muito inteligente e falava com bastante rapidez. Parecia uma sem-terra, igual às que eram vistas nos vídeos sobre reforma agrária que ela própria trazia para os alunos assistirem.

Eurico abraçou-a forte. Gostava daquela professora de História simpática e sempre aberta ao diálogo. Rosinha era boa ouvinte e ótima conselheira. Tinha um prazer especial em conversar com adolescentes nos intervalos das aulas.

— E aí, garoto, tu tá bom? — cumprimentou Rosinha. Ela usava o "tu" para se dirigir às pessoas. Era um dos vestígios que carregava pelo mundo como herança cultural do seu Recife. — Tô estarrecida com essa história do Bóris Mariano...

— Nós também, Rosinha. Foi uma estupidez o que fizeram.

— E a polícia, já descobriu alguma coisa? Passei o fim de semana corrigindo provas, não tive tempo de ler os jornais.

— Estão investigando o caso, mas sabem pouca coisa até agora — informou Eurico. — Bóris Mariano era viúvo, seus filhos moram nos Estados Unidos... Além disso, fazia uma semana que estava sem empregada.

Eurico aproveitou para fazer um pedido à professora:

— Rosinha, tô precisando de umas informações.

— É sobre o Bóris, é? — ela quis saber.

— Mais ou menos.

Rosinha pousou os olhos nos amigos de Eurico e entendeu que algum plano se arquitetava na cabeça deles. Logo viu que a conversa que queriam ter com ela não era papo de cinco minutos.

— A gente se fala — disse, dando a entender que deviam se encontrar no intervalo, no lugar que eles já sabiam qual era.

Assim que bateu o sinal, os quatro se transferiram para o local combinado. Sentaram na mesa mais afastada da cantina, o QG improvisado da turma. Era ali que se reuniam nos intervalos e aulas vagas. E tinha sido ali que a ideia de produzir um jornal literário ganhara corpo. É claro que tudo ficara mais fácil depois que o pai de Vareta, dono de uma gráfica, comprometera-se a imprimir o jornal de graça de dois em dois meses. Quando Vareta apareceu com o OK de seu pai estampado no rosto, foi naquela mesa que eles comemoraram.

Enquanto a professora não chegava, os quatro adiantavam uns aos outros os progressos de suas investigações. Eurico e Nemaila acharam estranho o fato de o porteiro ter voltado para o Norte.

— Na certa recebeu "algum" pra facilitar a entrada e a saída do criminoso — supôs Nemaila.

— Negou tudo na polícia e na primeira oportunidade saiu de cena — complementou Eurico. — Será que a polícia sabe disso?

— Sabe — disse Reina. — Só não contavam com o desaparecimento dele, assim de repente. Ouvi o delegado falando sobre isso no rádio.

— Também, com tanto crime acontecendo todo dia, não dá pra ir atrás de um só — comentou Vareta.

— Pelo jeito, este será mais um crime sem solução — sentenciou Reina. — Lembram do crime da rua Cuba?

Ninguém tinha tão boa memória quanto Reina.

— Se ninguém lembra, deixa pra lá. É um bom exemplo de crime sem solução.

— O assassinato do Bóris tem um nome parecido — lembrou Nemaila. — Um jornal apelidou o caso de "O crime bate à porta".

— No mínimo quiseram criar um clima pra vender mais jornal — disse Reina. — A imprensa é fogo.

— O crime bate à porta... — imaginou Eurico. — Taí um bom nome pra um romance policial.

— Por que não escreve? — indagou Vareta.

— Vou pensar, Vareta.

Nesse instante Rosinha se aproximava da mesa.

— Em que é que tu vai pensar, Eurico?

— Nada não, Rosinha. Devaneios aqui do nosso *enfant terrible* — interveio Reina.

— É, parece que o nosso infante está mais terrível do que nunca — gracejou Rosinha. — Entrevista com escritor famoso, testemunha de crime rumoroso...

— Não brinca não, Rosinha. O negócio é sério — Eurico falou.

— Não tô brincando não, menino — disse Rosinha. — Mas conheço uma turminha que anda doida pra brincar de Sherlock Holmes.

— Brincar não — salientou Reina. — Acho que nós sabemos mais coisas do que a polícia.

— Pelo menos o Eurico sabe — corrigiu Nemaila. — Só ele viu o principal suspeito.

— É por isso que viemos pedir sua ajuda, Rosinha — disse Vareta.

Rosinha, sentando-se:

— No que esta humilde professora de História puder ajudar...

— Não precisa se preocupar, Rosinha, não é nada comprometedor — tranquilizou-a Nemaila.

— Nem perigoso — garantiu Vareta.

— Tá certo, tá certo, eu acredito — impacientou-se Rosinha. — Mas deixem de rodeios e vamos direto ao assunto. Estou ficando curiosa.

Eurico começou a explicar:

— É o seguinte: precisamos de umas informações quentes sobre a vida de Bóris Mariano e achamos que você pode nos ajudar.

— Como assim, "informações quentes"?

— Fatos ocorridos nos anos 60 e 70 — explicou Nemaila. — Nós sabemos que você viveu bem essa época. Talvez se lembre de algum episódio envolvendo o Bóris.

— Algo que não esteja nas biografias oficiais — acrescentou Reina.

Rosinha não demorou a entender o que os meninos queriam.

— Vocês têm razão, vivi essa época... — disse Rosinha.

Os olhos da professora se tornaram mais brilhantes de repente. Ela parecia extrair um prazer doloroso daquelas lembranças.

— Em 1968 eu estava com 18 anos, tinha acabado de me formar. Havia um clima terrível no país...

De repente estacou:

— Mas, espera aí... Primeiro me digam o que vocês acham que sabem sobre a morte do Bóris que a polícia não sabe.

— Shhhh... — fez Reina. — Não queremos que ninguém desconfie que estamos fazendo uma investigação paralela. Muito menos nossos pais.

— Mas isso não é perigoso não? — perguntou Rosinha.

— Perigoso é — disse Eurico. — Mas a minha vida corre perigo e eu não posso ficar dependendo só da polícia pra me proteger.

Rosinha fez um ar indignado. Reina detalhou o caso:

— O Eurico se tornou um arquivo ambulante, Rosinha. Ele viu o suposto assassino na saída do prédio minutos depois do crime. Se tornou uma testemunha importante, talvez a principal delas.

— E esse homem já andou rondando a porta da minha casa — revelou Eurico.

— Deixou uma mensagem pro Eurico numa folha por baixo da porta da casa dele — emendou Nemaila.

— Jesus, eu não sabia disso! — era a voz assombrada da professora de História. — E o que vocês estão pensando em fazer?

— Bom, fizemos algumas investigações... — disse Reina.

— Temos alguns suspeitos... — completou Vareta.

— Temos um forte suspeito — arrematou Eurico, convicto.

— E por que não contam tudo à polícia? — indagou Rosinha.

— Já contei tudo o que sabia. O delegado diz que a polícia está investigando — respondeu Eurico, desanimado. — Daqui a pouco a imprensa vai esquecer o caso e logo ninguém mais fala no assunto.

Rosinha achava que aquilo não passava de delírio dos garotos. Não acreditava que fossem muito longe nas investigações, apesar de espertos. Para ela, a própria polícia é que acabaria por desvendar o crime. Mas não custava ajudar. Na pior das hipóteses, estariam aprendendo um pouco da história recente do país.

— O que eu sei é que o Bóris Mariano foi muito perseguido pelos militares. Ele nunca foi ligado a partido nenhum e sempre dizia que nunca tinha sido comunista em sua vida. Muito pelo contrário, achava os comunistas tão sanguinários quanto os militares que estavam no poder.

— De que lado ele estava, então? — perguntou Vareta.

— Do lado da literatura que ele fazia. Ele achava que cumpria seu papel na sociedade escrevendo sobre o povo, mostrando as injustiças sociais que havia no Brasil, numa linguagem que o próprio povo pudesse entender. Não sei se isso ajuda muito, mas é tudo que sei sobre Bóris Mariano.

Aquelas informações todos já conheciam. Mas do jeito que Rosinha falava, assumiam um aspecto diferente, tinham um sabor novo.

Como todos permanecessem calados, a professora deu um estalo no ar com os dedos:

— E então? Nenhuma pergunta?

Nemaila:

— Será que não foi vingança dos militares?

— Difícil. Depois desse tempo todo, Nemaila? — ponderou Rosinha.

— Então, o que você acha que aconteceu? — indagou Eurico no momento em que soava o sinal.

— Não sei. Sinceramente não sei — limitou-se a dizer a professora.

Um pouco frustrados, os quatro se puseram de pé.

— Mas sei de uma pessoa que pode ajudá-los — falou em seguida.

Os jovens se voltaram:

— Quem?

— Borba Gato, aquele jornalista amigo meu que colocou vocês em contato com Bóris Mariano.

BORBA GATO

Rosinha não quis adiantar por que achava que Borba Gato podia ajudá-los na investigação. Sabia da amizade entre ele e Bóris Mariano, mas não fazia ideia do que Borba Gato pudesse saber que fosse de valia para os jovens detetives. Fez uma cara matreira, dando a entender que os meninos poderiam encontrar no jornalista a resposta a muitas de suas dúvidas.

— Por que não vão conferir vocês mesmos? O endereço é este aqui — disse, escrevendo no guardanapo da cantina. — Mas deem uma ligada antes. O Borba é mais ocupado que presidente da República.

Os quatro ficaram curiosos. No final da noite, enquanto voltavam para casa:

— Esse tal Borba Gato deve saber alguma coisa... — Eurico conjeturou.

— Também acho... — concordou Reina.

— Mas por que não disse nada à polícia? — questionou Nemaila.

— Isso é o que nós vamos descobrir — enfatizou Eurico, dando tchau para a turma.

O apartamento de Borba Gato ficava no quinto andar de um prédio de doze andares na avenida São João. Segundo as poucas informações que Rosinha passara sobre ele, era um boêmio inveterado e tinha muitos amigos entre a intelectualidade. Escritores, músicos, jornalistas e empresários da noite faziam parte de seu círculo de amizades. Para satisfação de Eurico, também era dado a escrever. Tinha publicado três romances policiais e preparava o quarto, encomendado por uma editora do Rio de Janeiro. Tinha uma ligação antiga com Bóris Mariano.

A missão de falar com Borba Gato ficara a cargo de Eurico e de Reina.

— Ele me pareceu muito legal pelo telefone — comentou Reina com Eurico, no metrô.

Eurico também tinha ido com a cara de Borba Gato na única vez que o vira pessoalmente, na porta da delegacia. Mas não esqueceu que também o achara meio estranho.

Tocaram a campainha e aguardaram.

Quase um minuto se passou sem que nenhum ruído fosse ouvido no apartamento. Reina deu um segundo toque.

— Ele não disse que estaria nos esperando? — quis certificar-se Eurico.

— Foi o que ele me disse hoje cedo — confirmou Reina.

— Droga! — esbravejou Eurico. — Pelo jeito, perdemos a viagem.

Eurico tocou mais duas vezes.

— Calma, Eurico — disse Reina. — Se ele não estiver, paciência, a gente volta outra hora. Nós é que precisamos dele, não ele de nós.

De repente ouviram uma voz no corredor:

— Pelo jeito me atrasei um pouco.

Os dois tomaram um grande susto. Um homem franzino, com uma jaqueta preta e óculos escuros estendeu-lhes a mão em cumprimento:

— Sou Borba Gato — disse.

Apesar da estatura baixa, tinha umas mãos enormes.

— Muito prazer. Eu sou o Reina.

— Prazer — saudou Eurico, dando um riso forçado.

Borba Gato abriu a porta e os dois foram convidados a entrar.

— Não reparem, por favor — pediu Borba Gato. — Estou sem empregada há um mês.

O lar do jornalista era um pequeno apartamento com vista para as paredes cinza do prédio vizinho. Eurico e Reina perceberam que precisava mesmo de uma faxina.

Borba Gato pediu aos dois que se sentassem. Em seguida foi até a cozinha e trouxe de lá um banquinho de bar onde também se acomodou. Só depois tocou no assunto que trazia os jovens até ali. Primeiro apontou para Eurico:

— Você é o que encontrou o corpo do Velho. Vi você na delegacia.

E voltando-se para Reina:

— E você deve ser o rapaz que me ligou pedindo o telefone do Velho.

— Isso mesmo — assentiu Reina, já sacando que "o Velho" só poderia ser Bóris Mariano.

Antes, porém, Borba Gato fez questão de realçar sua estima por Rosinha, a amiga que eles tinham em comum:

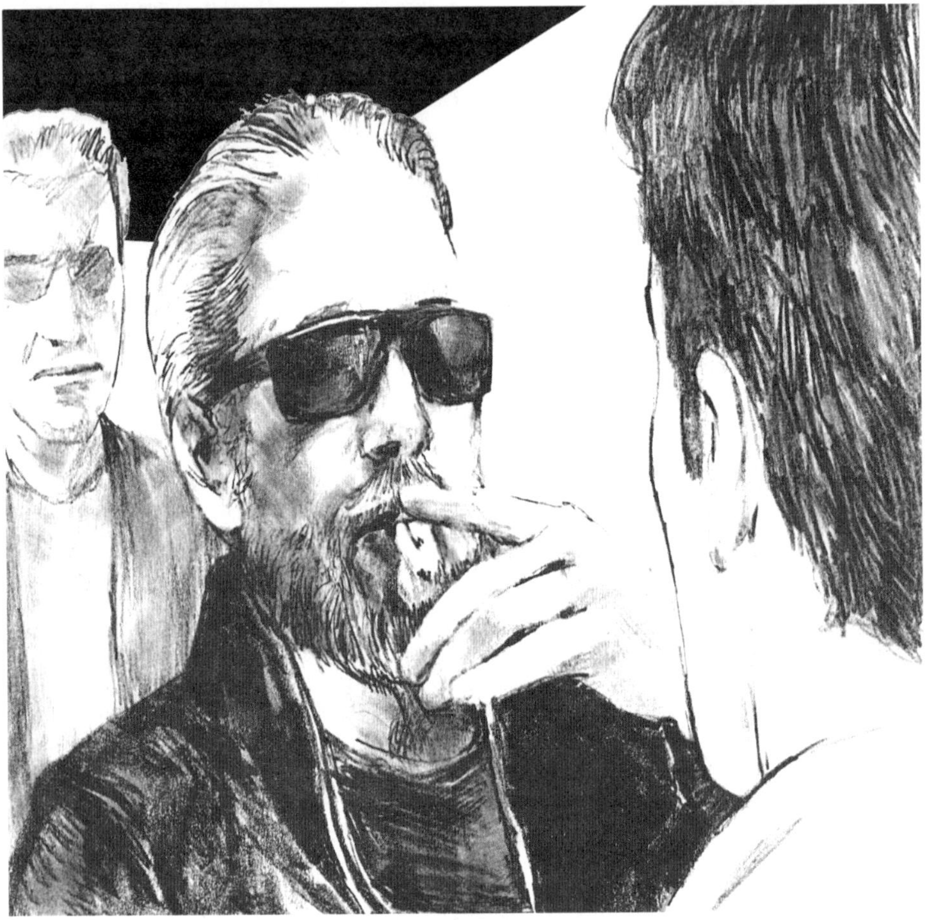

— A Rosinha é uma velha amiga dos tempos da minha pós-graduação — revelou. — Não sei dizer não a um pedido dela.

De repente ficou calado. Tirou com cuidado os óculos escuros e soltou no ar da quitinete uma baforada de seu cigarro:

— No fundo, ela me prestou um grande favor — prosseguiu.

— Como assim? — estranhou Reina.

— Lembram-se de mim na saída da delegacia, no dia do crime?

— Claro — disse Eurico. — Eu estava no meio de um bolo de jornalistas.

— Eu saquei na hora, por isso não insisti. Estava mortificado pelo remorso.

— Remorso? — Eurico e Reina falaram ao mesmo tempo.

— Remorso. Eu, que mantive uma amizade de mais de vinte anos com o Velho, ultimamente andava meio brigado com ele. Coisa boba. Éramos sócios numa editora, a coisa não deu certo...

O mesmo pensamento passou pela mente dos garotos.

— Chegaram a cortar relações? — inquiriu Reina.

— Não. Entre pessoas esclarecidas não existe isso de cortar relações. Mas para quem bebia junto toda noite, trocar de bar, como ele fez, foi um sinal de que ficou chateado comigo.

— Mas o que aconteceu de verdade? — insistiu Eurico. O foco já não era a vida de Bóris Mariano nos anos 60, mas seus últimos meses de vida.

— De verdade, nada. Éramos escritores, sabíamos escrever livros, não produzi-los. Não entendíamos patavina de distribuição nem de produção gráfica. Como a coisa poderia dar certo? Em pouco tempo fomos à falência. O Velho nunca aceitou isso direito. Ter sua própria editora era um sonho antigo dele.

— Senti que você queria dizer alguma coisa na saída da delegacia... — arriscou Eurico.

— Sim, queria. Fiquei desesperado quando recebi a notícia da morte do Velho. Senti um remorso muito grande. Fui à delegacia me informar, saber como tinha sido, ver se era mesmo verdade. Pensei em ter uma conversa com você naquela noite, mas o que adiantaria conversar com você? Me senti ridículo ali, no meio daqueles jornalistas todos. Eu me encontrava perdido, confuso. Precisava conversar com alguém, desabafar. Então, fui a um bar para afogar meu remorso.

— Tem ideia de quem matou Bóris Mariano? — Reina perguntou.

Borba Gato parecia mais solto.

— Não sei. Acho que foi o homem que o Eurico viu na escada. Eu disse "acho". Não tenho certeza. Agora, a questão não é quem matou, mas quem mandou matar.

— E "por que" mandou matar — enfatizou Reina.

— É verdade, e "por que" mandou matar. Mas vocês queriam informações sobre o Velho, não é mesmo?

Eurico e Reina já tinham conseguido mais informações do que esperavam. Vareta e Nemaila não iam acreditar. O que viesse agora era lucro.

ADRENALINA PURA

— CONHECI o Velho em 1959, na redação da *Folha Paulistana*. Ele já era jornalista e escritor famoso e eu um simples foca tentando vencer na grande imprensa. Era um sujeito simpático, tanto que foi com a minha cara logo de início, eu que vivia metido nas minhas leituras e sonhava em me tornar escritor de romances policiais.

— O Bóris sabia disso? — interrompeu Reina.

— Não, porque eu era tão tímido que tinha vergonha de falar. Na verdade, eu tinha medo que ele pensasse que eu pudesse incomodá-lo com originais ou coisa parecida.

— Mas como você se tornou amigo dele? — perguntou Eurico.

— No começo da década de 60, ele era o redator chefe da *Folha*. O repórter policial deles tinha levado um tiro durante uma reportagem sobre uma rebelião de presos e morreu dois dias depois. Por indicação do Velho me chamaram para ocupar a vaga.

— Aí, trabalhando juntos... — adiantou-se Reina.

— Sim, principalmente porque tínhamos o mesmo vício: tomar café. O Velho vivia na saleta onde deixavam a garrafa térmica e sempre nos encontrávamos por ali. Nessa época acabei criando coragem e comentei com ele sobre o romance que estava escrevendo. Perguntei se podia mostrar uns capítulos, aquelas coisas de escritor iniciante...

— E ele? — apressou Eurico, que adorava essas histórias.

— Se interessou de imediato. Pediu que levasse uns trechos pra ele dar uma olhada e coisa e tal. Mas não disse aquilo só pra se mostrar gentil, não. Ele realmente tinha ido com a minha cara.

— E você levou os originais para ele ler?

— No dia seguinte estavam lá, na mesa dele, numa pasta de grampo. Acabei publicando aquele romance dois anos depois, com uma apresentação escrita por ele.

— Imagino como deve ter se chocado com a morte dele — comentou Reina.

— O Velho era mais que um amigo. Morreu sem saber se eu ainda pensava isso dele.

— Ele tinha algum inimigo? — interrogou Reina.

— O Velho era um homem de grandes amigos e grandes inimigos. Todo mundo sabe que ele não dava sopa pros militares, tanto que teve de sair do país escorraçado que nem cão vadio. Mas o que pouca gente sabe é que os comunistas também não gostavam dele. Diziam que ele era um vira-casaca, um pelego da literatura, que era cupincha do Adhemar de Barros, só porque era amigo lá do homem.

Borba Gato interrompeu a história para limpar a cinza que tinha caído de seu cigarro.

— Mas não era nada disso — continuou. — O Velho tinha apenas uma preocupação: a literatura. Agora, ele não podia evitar que os militares e os esquerdofrênicos enxergassem em seus livros ameaças aos propósitos deles. Por essa razão foi tão perseguido. Mas isso, eu acho, vocês já sabem.

— Mesmo assim, valeu como lição de História — falou Reina, olhando para o relógio e sinalizando que tinham que ir.

— Já nos demoramos bastante por hoje — disse Eurico.

Todos se levantaram.

Antes de chegarem à porta, porém, Borba Gato estacou no meio da sala:

— Só me digam uma coisa. Por que estão investigando a morte do Velho?

Eurico entendeu que a pergunta era para ele. Uma pergunta que ele começava a não gostar de responder:

— Porque virei uma espécie de arquivo ambulante. Esbarrar com o gringo foi meu azar.

— Mas espera aí — ponderou Borba Gato. — Isso não é motivo suficiente para se meterem assim no caso. Que provas vocês têm de que ele era o criminoso?

Reina achou que Borba Gato estava perguntando demais:

— Nenhuma — mentiu. — Só pistas por enquanto.

— Não acham perigoso mexer com essa gente? — insistiu o repórter. — São apenas dois garotos, não podem fazer muita coisa. Além do mais, a polícia deve estar agindo em silêncio.

— A única coisa que eu sei — disse Eurico — é que o criminoso já andou rondando a minha casa.

Reina deu uma pisadela no pé de Eurico:

— É que gostamos de aventuras — disse, piscando um olho. — Investigar um crime é mais seguro do que praticar *bung jump*.

— *Bang* o quê? — Borba Gato andava meio desatualizado e Reina não perdia uma oportunidade de usar as novas palavras de seu vocabulário.

— *Bung jump*, um esporte radical. Você se atira do alto de uma ponte, amarrado por um elástico gigante. É adrenalina pura!

UMA HISTÓRIA MAL CONTADA

SAÍRAM do prédio repletos de dúvidas, mas com algumas certezas. Na São João, apertaram o passo e logo estavam na Ipiranga. Entraram numa lanchonete, perto da Praça da República. O sol ainda forte do meio-dia pedia um refrigerante gelado. Um, não, dois.

Enquanto tomavam:

— Que tal o Borba? — Eurico perguntou.

— Suspeito — respondeu Reina, convicto, assumindo o ar de adulto que costumava expressar quando alguma coisa séria estava em marcha.

— Também achei — concordou Eurico.

— Aquela história de remorso está bem mal contada — disse Reina. — Acho que precisamos conversar com o delegado. Ele precisa saber dessas coisas.

— Está pensando em entregar o Borba? — indagou Eurico.

— Entregar, exatamente, não.

— O quê, então?

— Não sei ainda. Mas precisamos dar um jeito de a polícia ficar sabendo dessa história de sociedade entre eles — disse Reina. — Se não tiver culpa no cartório, não vai ter o que temer.

— Denúncia anônima? — insinuou Eurico.

— Brilhante, Eurico! É um jeito de entregar o Borba sem comprometer a gente. Se ele for realmente culpado, o caso se encerra.

— E se não for ele o mandante? — quis saber Eurico.

— Bom... pelo menos vai estar ajudando a esclarecer o caso. Se era mesmo amigo do Bóris Mariano, devia contribuir para achar o criminoso, não acha? — argumentou Reina.

— Não sei. Estamos agindo que nem os pais da Marina, acusando no escuro.

— Pode ser. Mas pra isso é que inventaram o Disque-Denúncia. Ninguém vai preso por causa de uma denúncia anônima. Só se o crime ficar provado.

Eurico não quis estender a conversa, mas no íntimo não concordou com os métodos de seu amigo.

À noite, a turma se reuniu na cantina. Nemaila, com uma prancheta de acrílico, queria começar a fechar a pauta daquele bimestre do *Carpe*. Mas o assunto que dominou a conversa foram as revelações de Borba Gato. Eurico e Reina contaram a Nemaila e Vareta tudo que ouviram do jornalista.

Como Reina, Vareta achou Borba Gato suspeito. Já Nemaila defendeu a inocência do repórter:

— Por que iria revelar tudo isso se tivesse alguma culpa? — argumentou.

— E por que não entrou em contato com a polícia? — rebateu Vareta.

— E por que ele deveria falar com a polícia? — a garota contra-atacava. — O fato de estar brigado com o Bóris não era motivo para matar o homem.

Os três ficaram calados. Vareta viu alguma razão nas palavras de Nemaila. Mas não quis dar o braço a torcer:

— Pode até ser. Mas pra mim ele está implicado nesse crime até o pescoço.

Nemaila destemperou:

— Isso já é má vontade. Vocês acham que ele ia mandar matar o Bóris Mariano só por causa de uma brigazinha à toa?

Reina havia esperado para revelar sua opinião:

— Também não sabemos se tudo o que ele disse pra gente é verdade. Quem sabe não está dizendo isso para encobrir outras coisas.

— Aí eu concordo com você — reconheceu Nemaila. — Pode ser que ele esteja mentindo.

Depois lamentou:

— Foi uma pena eu não ter ido com vocês. Queria ter olhado dentro dos olhos dele.

— Tá chamando a gente de incompetente, é? — protestou Eurico.

— De jeito maneira — disse Nemaila. — Mas tem certas coisas que só uma mulher percebe...

A decisão sobre quem ligaria para o Disque-Denúncia foi tirada no dois ou um. Sobrou para Vareta. No dia seguinte, de um orelhão perto da escola, ele fez a ligação. Eurico e Reina, ao seu lado, passavam instruções. Meio nervoso, Vareta informou à polícia sobre a sociedade tumultuada entre Bóris Mariano e Borba Gato. Por fim, deu o endereço e o telefone do repórter.

— Agora é só esperar — disse Reina.

— Sinceramente, espero que o Borba não esteja implicado no crime — confessou Eurico.

— Culpado ou não, acho melhor esquecer esse assunto por enquanto e deixar a polícia trabalhar um pouco — disse Reina. — Temos outros problemas a resolver.

— Do que você está falando? — indagou Eurico.

Sério, enigmático, Reina falou:

— Disfarça e olha pra trás.

Eurico fez o que Reina pedia. Viu Marina saindo de uma padaria ao lado de Jobson.

"Pelo visto, o namoro deles anda mais firme do que nunca", pensou Eurico.

— É, essa batalha nós perdemos feio — lamentou-se Reina.

JORNAL, QUE É BOM, NADA

A SEMANA correu sem grandes novidades. Eurico e Nemaila foram até a delegacia conversar com o doutor Gilberto, mas foi o investigador De Paula quem os atendeu. De início, não reconheceu os dois adolescentes, mas aos poucos foi se lembrando de Eurico e do conselho que lhe dera.

No distrito, ficaram sabendo que um suspeito tinha sido chamado para depor. O investigador não quis revelar seu nome, para não atrapalhar as investigações, mas estava na cara que se tratava de Borba Gato. O detetive informou também que o porteiro e a empregada tinham sumido no mundo.

No Carvalho Senne, Rosinha quis saber como tinha sido a conversa com seu amigo Borba. Contaram tudo o que Borba Gato lhes tinha dito, menos o fato de que as revelações do jornalista o colocavam na lista dos suspeitos. Ninguém precisava saber dessa suspeita. Nem mesmo Rosinha.

Mas quem andava preocupada mesmo era dona Norma. A mãe de Eurico acompanhava o noticiário televisivo todos os dias, esperando ouvir a notícia da prisão do assassino de Bóris Mariano. E desconfiava das frequentes saídas do filho, ora para a biblioteca, ora para estudar matemática na casa de Reina, ora para tomar sorvete no Maluquet's, segundo ele dizia. Quando não, era a turma toda, ou o que restara dela, que vinha até sua casa para conversar com Eurico.

— Que tanto vocês têm pra conversar? — perguntava.

A desculpa era a de sempre: o *Carpe Diem*. Matérias pro *Carpe*, pauta pro *Carpe*, entrevistas pro *Carpe*... Mas jornal, que era bom, nada.

Dona Norma resolveu apertar a marcação. Tinha certeza de que os meninos ainda andavam com aquela história de investigação na cabeça. E enxergou em seu Júlio um pouco da culpa por tudo aquilo. Se procurasse conversar mais com o filho, dar conselhos a ele... Em vez disso, só queria saber de jornal e bocha.

— Deixa os meninos — dizia ele. — Vai ver estão inventando outra coisa. Essa turminha não é muito de ficar parada não. Aquela menina, a Marina, não disse que eles estão querendo montar um grupo de teatro no colégio?

— Júlio, a Marina nem anda mais com os meninos...

Seu Júlio prosseguiu, sem dar muita atenção às palavras da mulher:

— E aquele magrinho, como é mesmo o nome dele?

— Vareta.

— Não foi ele que falou que iam fazer um festival de música no Carvalho Senne? Pois é, vai ver estão inventando alguma. E, depois, nosso filho é muito ajuizado. Já está na hora de confiar nele.

— Confiar, eu confio — admitiu dona Norma. — Mas que ainda estão com aquela história na cabeça, lá isso estão.

QUEM QUISER UM *ROCK* BOM, VÁ PEDIR AO RAUL SEIXAS

OS RAIOS de sol entravam feito espadas de raio *laser* pelo vitrô da cozinha. Eurico se encontrava à mesa, tomando apressado uma xícara de café com leite.

— Não vai comer pão? — perguntou dona Norma.

— Estou atrasado, mãe — disse Eurico. — A turma está me esperando.

"A turma, a turma, sempre a turma", pensou dona Norma.

— Diga ao menos aonde vai.

O garoto sorvera o café quase num só gole e já abria a porta para sair.

— Na casa do Vareta, mãe. Beijo.

Dona Norma abriu a porta e alcançou-o, abrindo o portão.

— Fazer...?

Eurico destravou o portão, mas não saiu. Sentiu uma repentina ternura pela mãe e voltou para beijá-la de verdade.

— Hoje é dia de começarmos a fechar o *Carpe*. Fica sossegada que é só isso que eu vou fazer.

Sem entender por que, dona Norma sentiu que pelo menos por aquela vez devia acreditar nas palavras do filho.

Quando Eurico chegou à casa de Vareta, todos já estavam lá. O pai do magrela havia saído. Sábado era um dia de muito serviço na gráfica, e seu Ivã gostava de estar por lá antes que os primeiros funcionários chegassem. Apenas dona Carmo, a empregada da casa, se encontrava.

— Fiquem à vontade, pessoal — Vareta falou, puxando a toalha que cobria a mesa retangular bem no meio da sala. — Vamos usar essa mesa mesmo.

Dona Carmo interrompeu seu serviço para oferecer um cafezinho aos amigos do "seu" Vareta. A turma achou engraçado ela tratar o magricela de "seu".

— Onde fica o banheiro, "seu" Vareta? — brincou Reina.

— "Seu" Vareta, falta uma cadeira — avisou Eurico.

— Ô, pessoal, deixa o "seu" Vareta em paz — disse Nemaila. — Não percebem que ele está apaixonado?

Confidente dos três, Nemaila sabia que o coração de Vareta batia mais acelerado que nunca ultimamente. Estava prestes a pedir Camila em namoro.

Aquele era o terceiro número do *Carpe Diem*. Desde a primeira edição trabalhavam sempre do mesmo modo: cada membro da equipe tinha de pesquisar e escrever sobre dois temas ligados à literatura. Podia ser um livro ou uma corrente literária. A única seção fixa era a da entrevista. E esse era o problema maior daquela edição. Desde o assassinato de Bóris Mariano não tinham nenhum autor em vista para entrevistar.

— Em último caso, vai sem entrevista mesmo — propôs Reina.

— Tenho uma sugestão — disse Nemaila, fazendo um ar enigmático.

Todos esperaram que ela falasse.

— Que tal o Borba Gato?

Ninguém entendeu.

— Nossa amiga pirou — disse Vareta.

— No mínimo — concordou Reina.

Só Eurico não foi contra a sugestão da amiga:

— Ei, pessoal, talvez ela tenha razão. O Borba é um bom nome.

Reina reconsiderou sua posição:

— É... pode ser ele sim. Só temos duas semanas para fechar o jornal mesmo...

— Em uma semana, a polícia diz se ele é culpado ou não — reforçou Nemaila.

— É pouco tempo — discordou Reina. — Uma investigação costuma demorar mais.

— Tudo bem, pessoal, mas a questão não é essa — disse Eurico. — Culpado ou não, Borba Gato é um escritor, o único que temos à mão no momento. Aliás, se ele for culpado, imaginem a repercussão que a matéria vai ter.

— Ei, isso aqui não é imprensa sensacionalista! — protestou Vareta.

— E, depois, precisamos ver se ele vai querer dar a entrevista... — considerou Reina.

— Essa é outra questão — replicou Eurico. — Vamos falar com ele. Se não estiver a fim, a gente bota outra matéria. O importante é definir logo quem será o entrevistado.

— Por mim, fico com o Borba — arrematou Nemaila.

— Estou com você — disse Eurico.

Vareta e Reina também aceitaram a sugestão.

Além de uma crônica sobre Bóris Mariano, escrita logo após a morte do escritor, Eurico tinha trazido um texto sobre o poeta português Fernando Pessoa. Era o mesmo texto que ele e Marina tinham começado, pouco antes do assassinato de Bóris Mariano. Como doía ler as primeiras linhas daquela matéria, escrita pela atual namorada de Jobson. Marina escrevia bonito, caprichado. Cada vírgula em seu lugar, adjetivos adequados, clareza. Tudo o que dona Gil apregoava sobre um bom texto. Mas ele era suspeito para julgar o texto de Marina.

Vareta ficara de escrever algo sobre a Semana de Arte Moderna de 1922. Mas, quando desatou os elásticos de sua pasta, a única coisa que havia nela era uma letra de *rock*. Chamava-se *Rock q nada acrescenta*.

— Bravo, Vareta — saudou Reina, que era meio roqueiro também.

— Bravo nada — reclamou Eurico. — Cadê a matéria sobre a Semana de 22?

— Ih, o meu editor tá bravo. Deixa eu guardar isso — disse Vareta, como se falasse para uma pessoa imaginária.

— Nada disso — interveio Nemaila, piscando para Reina. — Agora nós queremos ver a letra.

— Pelo visto, hoje não vai ter jornal — exasperou-se Eurico.

— Calma, Eurico! — era Reina tranquilizando o amigo. — Eu trouxe texto pra dez bimestres do *Carpe*. Vamos ver a letra do Vareta.

Todos se debruçaram sobre a folha:

Rock q nada acrescenta

sinto o problema canibal
de não estar fazendo mal
não gostar de carnaval
enjoar de ler jornal
só domesticar a letra

vivo o processo temporal
de poder olhar pro céu
de poder tocar o céu
botar tudo no papel
fazer prosa de proveta

levo a crise existencial
vida acre vertical
morte terra horizontal
e a infância no quintal
sorte de quem aproveita

janto o almoço de pastel
o atraso do aluguel
a penhora do anel
quem quiser um rock bom
vá pedir ao Raul Seixas

— Dez, Vareta! — Eurico foi o primeiro a reconhecer. — Vamos publicar!

— Quem sabe alguém não resolva musicar... — disse Reina.

— Já pensou, o Vareta letrista da MPB? — sonhou Nemaila.

— Letrista da MPB uma pinoia! — protestou Vareta. E fazendo uma pose solene: — Vocalista de grupo de *rock* de garagem!

— Tá certo, Vareta, vocalista de *rock* de garagem — disse Eurico, para não contrariar a fera. — Agora, ao *Carpe*.

Todos concordaram que já tinham desperdiçado tempo demais.

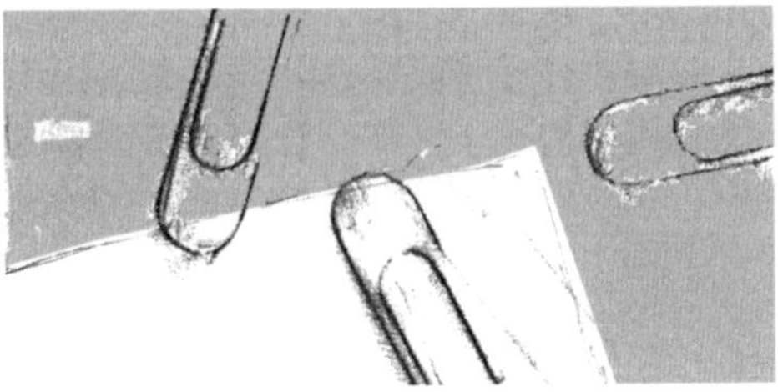

COMO UM PASSE DE MÁGICA

DA TURMA, Nemaila era a mais organizada. Vivia lendo os cadernos de cultura dos jornais à procura de notícias que pudessem virar pauta do *Carpe*. E era ali, na banca de Pedro, que ela fazia suas pesquisas. Pedro, claro, não opunha obstáculo algum. Era um modo de ter sua paixão sempre por perto.

Nemaila abriu sua pasta e tirou dela vários materiais presos por clipes de diversas cores. Era um capricho do tempo do primário. Clipe vermelho para notinhas laterais, preto para uma matéria sobre Machado de Assis, azul para poemas de Vinícius de Morais e verde para um artigo de dona Gil sobre verbos defectivos, argh!

Os textos estavam todos sobre a mesa, digitados e impressos. Prontos para serem revisados, função que cabia a dona Gil. Eurico, que exercia a função de editor, pediu a Nemaila que fizesse uma relação das matérias e seus respectivos assuntos. Agora era preciso distribuí-las pelas oito páginas do jornal.

— A parte chata — costumava dizer Eurico, pois, na hora de diagramar, as matérias nem sempre cabiam nos espaços que lhes eram reservados. Ora tinha matéria de mais, ora de menos.

Nando, o irmão mais velho de Vareta, era quem ajeitava os textos no espaço do jornal. Era tão magro quanto o irmão, porém menos agitado. Trabalhava com o pai na gráfica desde os 14 anos. Aos 20, braço direito de seu Ivã, já era um craque em diagramar jornais, revistas, cartazes, o que pintasse. Quando soube do *Carpe*, deu a maior força. Tinha tanto prazer no que fazia que, enquanto trabalhava, gostava de explicar para os meninos o que estava fazendo.

— Olha, aqui é preciso mudar o tipo da letra.

— Aqui tem de cortar o texto. Tá estourando.

— Tem alguma foto pra esse texto? Tá sobrando espaço.

Os meninos se admiravam do Nando. Tão novinho ainda e já sabendo tanta coisa. Além do mais, era gostoso ver aqueles textos brotados de suas mentes irem adquirindo a cara que teriam quando o jornal fosse impresso. Era quase como um passe de mágica. E Nando caprichava mesmo. Nos títulos colocava um tipo de letra sóbrio, enchendo de orgulho quem tinha escrito a matéria.

Ali o sonho de Eurico se tornava realidade. Mais que isso. Na hora do fechamento do *Carpe*, querer ser jornalista parecia-lhe tão normal quanto querer ser metalúrgico ou auxiliar de escritório. Ler Machado de Assis ou Dickens era tão importante quanto calcular porcentagem ou manipular uma ferramenta. Sentia então uma vontade forte de que Renato e Ramiro o vissem ali. O remorso que sentia por ainda não estar trabalhando perdia o sentido naquele momento. E logo apareciam na telinha de sua mente as figuras de seu Júlio e de dona Norma. Um dia ele trabalharia num grande jornal, sonhava, e daria uma vida mais confortável a seus pais.

Uma página era para o anúncio da gráfica de seu Ivã, única condição que ele impusera para imprimir de graça o tabloide. Outra era reservada para a capa. As duas páginas centrais ficavam reservadas para a entrevista. Restavam quatro páginas.

Nessa hora, Eurico tinha de tomar cuidado. Pelo menos um texto de cada redator tinha de entrar. Mas para aquele número isso não seria problema. Com a saída de Marina e Camila, o jornal tinha agora apenas cinco redatores. Quatro páginas era um bom espaço. Sem contar que Vareta trouxera apenas sua letra de *rock*. Eurico até já imaginava um lugar de destaque para a matéria que ele e Marina tinham escrito sobre Fernando Pessoa.

Os quinhentos exemplares do *Carpe* eram distribuídos pela própria turma nas salas de aula. Momento prazeroso aquele. Pediam licença ao professor e passavam de carteira em carteira, deixando um exemplar. Sentiam um orgulho meio bobo de ver o impacto que as oito páginas causavam nos alunos. Alguns deles se punham a folhear o tabloide desde o primeiro instante, outros o guardavam para ler em casa. Mas havia também os que o atiravam ao lixo assim que a aula terminava. Os meninos sabiam daquilo, mas não se importavam. Não se podia agradar a todos. À saída, os membros da turma não esqueciam de entregar um exemplar nas mãos do professor, que sempre fazia um comentário elogioso.

O que sobrava a turma levava para a banca de Pedro. E Pedro sabia muito bem o que fazer com eles. No domingo bem cedo, com a ajuda da turma, encartava um exemplar do *Carpe* no meio dos jornais de grande circulação. Era a garantia de que os textos dos meninos seriam lidos não só pelos alunos, mas também pelos pais dos alunos e pelos pais dos pais dos alunos. Pelo menos era isso o que eles pensavam.

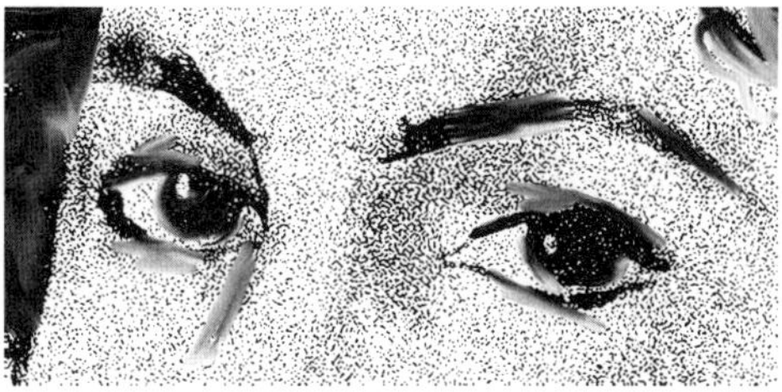

ESTRANHO, MUITO ESTRANHO...

O JORNAL estava prontinho. Só faltava a entrevista.

— Deixa que eu ligo pro Borba — adiantou-se Reina, que gostava dessas atribuições.

— Será que ele não desconfia que fomos nós que o denunciamos? — questionou Eurico.

— Só se o delegado falou — interveio Vareta.

— E quem disse que o delegado sabe que fomos nós? — disse Nemaila. — Ninguém pode nos acusar de nada. Nadinha.

Nemaila tinha razão. Quando Reina ligou para Borba Gato, na manhã seguinte, o repórter não só o atendeu bem como aceitou de bate-pronto fazer a entrevista. O próprio Reina não acreditou. Embora estivesse orgulhoso de sua eficiência, ficou desconfiado. Será que Borba Gato não estava preparando alguma pra eles? Uma prensa, alguma ameaça, Reina tentava imaginar o quê. Passou o resto do dia parafusando. A única coisa que Borba Gato pedira era que a entrevista fosse em seu apartamento. Estranho, muito estranho...

— Você não devia ter aceitado, Reina! — avaliou Eurico.

Mas Reina tinha um bom argumento:

— Só que, se não fosse lá, não teria entrevista com ele.

— Só se... — começou Vareta.

— Se?... — apressou-o Nemaila.

— Só se a Rosinha for com a gente.

— Taí! — disparou Eurico, batendo com a mão espalmada na própria testa. — Como não pensamos nisso antes?

— A Rosinha é uma garantia — afirmou Reina.

— Se ela for com a gente, o Borba vai ficar sem ação — raciocinou Vareta. — Nós podemos até fazer surpresa, não avisar que ela vai. Deve fazer anos que eles não se veem.

— Boa ideia, Vareta — elogiou Eurico.

Só Nemaila não gostou:

— Mas será que é legal levar a Rosinha?

Eurico não entendeu:

— A Rosinha? Claro que é. Ela vai curtir rever o Borba.

Reina entendeu o que a menina quisera dizer:

— Mas será que é honesto levar a Rosinha sem que ela saiba o que está rolando?

— Exatamente — retomou Nemaila. — A Rosinha não merece que a gente faça isso com ela.

Mais uma vez foi Vareta quem salvou a situação. O magrela parecia inspirado naquele dia:

— Então por que não contamos tudo pra ela?

— Tudo o quê? — quis saber Eurico.

— Tudo, ora. Principalmente que desconfiamos do Borba.

Todos pensativos.

— Ela vai ficar chateada com a gente — preocupou-se Nemaila.

Reina mostrou-se a favor da ideia:

— Que nada — ponderou. — A Rosinha é uma pessoa vivida. Aposto e ganho como vai dizer que agimos certo.

— Bom, se você estiver certo, ótimo — disse Nemaila. — Mas, se estiver errado, era uma vez nossa amizade com a melhor professora de História do mundo.

Na segunda-feira à noite, antes de começar a primeira aula, a turma cercou Rosinha no corredor. Ela e seu inseparável bom-humor:

— Xiii, lá vem encrenca — brincou a professora, ao ver a turma toda com uma cara meio estranha. — O que vocês aprontaram dessa vez?

Não havia tempo a perder. Reina falou por todos:

— Rosinha, nós queremos te fazer um convite.

— Um convite? — a professora de História fez um ar de espanto. — Não é pra ser madrinha de casamento, é?

— Não, não... — Rosinha conseguiu desconcertar Reina.

O sinal tocou.

— É sério, Rosinha — disse Reina. — Mas agora não dá tempo de falar. Às 9 na cantina, tá combinado?

Rosinha deu de ombros:

— Tá, né...

No intervalo, estavam todos na cantina em volta da professora.

— É o seguinte — começou Reina. — A gente convidou o Borba pra ser o entrevistado do mês no *Carpe*.

— Que maravilha! — exultou Rosinha. — E ele aceitou?

— Aceitou.

Fez-se um breve silêncio. Reina continuou:

— E a gente acha que a entrevista vai ser melhor ainda se você estiver junto.

Rosinha pôs a mão no queixo, meditando:

— Sabe que não é má ideia...

Reina se animou:

— Então você topa?

— Tá topado.

A primeira parte estava garantida. Agora era com Eurico:

— Só que tem um problema... — ele disse.

— Humm! Tava tudo muito bonitinho... — falou Rosinha.

Eurico abriu o jogo:

— Nós precisamos revelar uma coisa pra você. É sobre o Borba.

O olhar da professora correu os quatro pares de olhos adolescentes que a encaravam, apreensivos. De repente, Rosinha ficou séria.

— Nossa, quanto mistério! Fale, Eurico.

Eurico olhou para os lados, depois disse:

— Nós... quer dizer, eu e o Reina, ficamos sabendo de umas coisas sobre o Borba que o coloca como suspeito da morte do Bóris Mariano.

Rosinha arregalou dois olhões de espanto.

— Peraí, pessoal...

— Espera um pouco, Rosinha — interrompeu-a Reina, já prevendo o que Rosinha iria dizer. — A gente não está dizendo que foi ele que matou. Apenas que ele é suspeito.

Mas a convicção da professora era inabalável:

— Imagina, o Borba suspeito de assassinato... Ainda mais do melhor amigo dele.

A turma se mancou. Havia mágoa na voz da professora. Estava na cara que se sentira ofendida.

Nemaila tentou esclarecer as coisas:

— Talvez você esteja certa — amenizou, simulando um ar adulto. — E eu espero que esteja. Mas o Borba contou uma história muito estranha pros meninos que talvez você não saiba.

Rosinha ajeitou-se na cadeira. Depois disse:

— Bom, estou vendo que vocês estão loucos pra me contar o que ele falou. Pois bem, sou toda ouvidos. Só quero ver até onde vai a imaginação de vocês.

Mesmo desacreditado, Reina contou com detalhes o que Borba Gato tinha revelado sobre a sociedade com Bóris Mariano e sobre o rompimento da relação dos dois, um pouco antes do assassinato. No final, descreveu a atitude de Borba Gato na saída da delegacia e falou do remorso que ele dissera ter sentido quando soube da morte do amigo.

Rosinha ouviu tudo calada. Nunca os meninos tinham visto a professora de História tão séria como naquele momento. O sorriso simpático desapareceu por completo.

— Provas — limitou-se a dizer.

— Como assim "provas"? — indagou Eurico.

— Provas — Rosinha repetiu.

— Bom... provas a gente... quer dizer... — tartamudeou Reina.

— Provas — disse Rosinha de novo, dessa vez com mais ênfase, irônica.

Todos emudeceram. Não havia provas.

Então, marcando bem as palavras, a professora falou:

— Vou dizer uma coisa muito séria pra vocês. A gente nunca deve acusar ninguém sem ter prova suficiente para isso.

Um silêncio pairou entre os meninos. Se havia alguém neste mundo que eles ouviam, esse alguém era a Rosinha.

A professora continuou:

— Outra coisa. Eu sei que vocês me acham muito bacana, moderninha, etc. e tal. Pois agora eu vou dar uma de chata. De careta, como vocês dizem. Tô achando que já foram longe demais com essa brincadeira. Estão lidando com gente perigosa...

Ninguém se atrevia a encarar Rosinha. Nem tinha ânimo de falar mais nada. A professora é que tinha uma última coisa a falar:

— Os pais de vocês não sabem nada a respeito disso, não é?

Menearam a cabeça em negativa.

— Pois é. Se alguma coisa acontecer a vocês, imaginem o sofrimento deles. Pensem nisso.

E, levantando-se:

— Sobre o convite, se vocês me prometerem duas coisas, eu vou com vocês na entrevista.

Todos olharam para ela. Lá estava ele, simpático, irônico, se segurando na ponta dos lábios da professora, o sorrisão luminoso querendo escapulir. Aquilo aliviou a tensão entre os jovens. E era esse o objetivo da professora, que não esperou resposta.

— Primeiro, vocês vão me prometer que a partir deste segundo vão esquecer essa história de investigação.

A turma se entreolhou, desconfiada. Mas todos fizeram que sim com a cabeça. Queriam saber qual era a segunda promessa.

— Segundo, prometem que vão ao cinema comigo assistir a um filmaço que está passando sobre a Idade Média? É um convite.

Aceitaram na hora. Assistir a um filme com Rosinha era um luxo. Ninguém na turma esquecia quando foram assistir a *Sociedade dos poetas mortos* com ela. Todos ficaram apaixonados pelo filme. E, quando resolveram criar o jornalzinho literário, alguns meses depois, já sabiam que o nome dele seria *Carpe Diem*, a mensagem do filme que queria dizer "Aproveita o dia".

Nemaila quis saber qual seria o filme dessa vez.

— *O nome da rosa* — revelou Rosinha, que era fanática por cinema. — Está passando de novo no cineclube.

— Então tá combinado — disse Reina. — Sábado no cinema e domingo na casa do Borba.

— *Bye, bye* — despediu-se a professora, dirigindo-se para sua sala.

HELP, MARY!

SOMENTE na saída do colégio puderam falar sobre o que tinham prometido a Rosinha.

— A segunda promessa está de pé — afirmou Eurico.

— A primeira, não — disse Reina, convicto.

Todos estavam de acordo. Mas teriam de tomar muito cuidado dali para a frente. Agora não era apenas a mãe de Eurico que estava de olhos e ouvidos atentos a cada passo da turma. Rosinha certamente estaria de olho em cada passo deles.

— Sem contar o homenzinho da escada — lembrou Nemaila. — Ou já se esqueceram dele?

No sábado à tarde, foram ao cinema com Rosinha, que levou junto uma sobrinha, Maria do Socorro. A presença da moça tornou o passeio mais interessante. Principalmente para Eurico e Reina. Quinze anos de idade, sorriso fácil como a tia, Maria do Socorro era muito bonita. Mas de uma beleza diferente, que vinha de dentro.

— Juízo, meninos — antecipou-se Rosinha, piscando um olho para a sobrinha.

O passeio teve direito a comentários históricos antes e depois do filme, além de pipoca e, no final, uma meia mozarela, meia portuguesa.

— Por que não convidou a classe inteira? — quis saber Reina, levando à boca um pedaço da portuguesa.

— Porque era um caso de vida ou morte — respondeu a professora.

Antes que alguém perguntasse, Rosinha explicou:

— Sabe, eu me sinto um pouco responsável por vocês. Apesar do puxão de orelha de outro dia, vocês me lembram muito a adolescente que eu fui. Curiosa, inquieta, ávida por uma aventura, não percebendo o perigo que me rondava. No fundo, eu quis tirar vocês dessa história maluca em que se meteram. Um cineminha, um teatro, um passeio com os amigos fazem muito bem pra cuca, sabiam?

— É, só que a gente já esqueceu essa história de crime — despistou Vareta.

— É, a gente já tá em outra — confirmou Reina.

Mas Rosinha, que não tinha nascido ontem:

— Só não pensem que eu acredito nisso, viu? — disse.

Não adiantou os quatro jurarem.

— Mas a entrevista de amanhã está em cima, não está? — perguntou Eurico, preocupado.

— Está, sim, Eurico. Pode ficar tranquilo.

— A Mary Help também vai? — quis saber Reina.

— Quem? — Rosinha não acreditou no que tinha ouvido.

Maria do Socorro rapidamente entendeu a brincadeira e não gostou. Não era a primeira vez que traduziam seu nome para o inglês. Sua irmã, Maria José, também sofria com o Mary Joe pra cá, Mary Joe pra lá... Mas Mary Joe até que soava carinhoso. Mary Help soava pejorativo.

— A Maria do Socorro não vai, não — respondeu a garota, ofendida.

— Desculpa, não quis ofender... — tentou consertar Reina.

Rosinha, abraçando a sobrinha, teve de explicar rapidinho a situação:

— É que a Socorro detesta ser chamada de Mary Help.

— Que pena — lamentou Eurico.

— Por quê? — perguntou Rosinha. — Você gosta do "Mary Help"?

— Não, não é isso — apressou-se Eurico em explicar. — Que pena que ela não vai.

— Quem sabe? — disse Maria do Socorro, piscando um olho discretamente para Eurico.

Eurico foi dormir pensando em Maria do Socorro. Ficou quase uma hora na cama olhando para o teto, lembrando os traços de Maria do Socorro, a voz de Maria do Socorro, as pernas de Maria do Socorro. E, quando conseguiu dormir, enveredou por um caminho dos seus sonhos que o levava a uma casa enorme, cheia de cômodos, e em cada cômodo que ele penetrava lá estava ela, Maria do Socorro, com seu cheiro que Eurico guardara das poucas horas que passara a seu lado, com seu olhar ao mesmo tempo forte e meigo, com sua boca carnuda... Mas, estranho, não a chamava de Maria do Socorro, e sim de Mary Help. Sabia que ela não gostava que a chamassem assim e tentava chamá-la por seu verdadeiro nome, mas quando seus lábios diziam sílaba por sílaba com todo o cuidado Ma-ri-a-do-So-cor-ro seus ouvidos só ouviam Mary Help, Mary Help, Mary Help.

ORIGINAIS DAS MEMÓRIAS?

NA MANHÃ seguinte, não foi fácil para Eurico convencer sua mãe de que apenas participaria de uma entrevista com toda a turma e a professora de História.

— A professora de História de novo? — explodiu dona Norma, que já tinha implicado com a ida de Eurico ao cinema no sábado. — Professora de História é tudo comunista!

— Deixa o menino, Norma — disse seu Júlio.

— Hoje em dia nem em professor dá mais pra confiar — ela resmungou.

Eurico saiu de casa pensando em como a mãe estava sendo injusta com Rosinha. Rosinha que, sem saber, podia estar entrando numa fria, caso Borba Gato estivesse preparando alguma surpresa desagradável para eles. Se estivesse, a presença de Rosinha iria desarmá-lo. Mas, no fundo, não acreditava na culpa do repórter. Rosinha é que tinha razão. Onde estavam as provas?

Encontraram-se na porta do Carvalho Senne às treze horas, como haviam combinado. Eurico sentiu suas últimas esperanças morrerem quando dobrou a esquina e não viu Maria do Socorro junto de Rosinha. Sentiu medo de nunca mais tornar a vê-la. Estaria apaixonado? Não sabia, mas a lembrança do sonho da noite anterior ainda aquecia gostoso seu coração.

Nemaila, Vareta e Reina estavam apreensivos. Temiam que algo ruim acontecesse no apartamento de Borba Gato. Se era mesmo o mandante do crime, podia fazer ou mandar fazer algo contra eles antes mesmo que chegassem ao seu apartamento. Por que esperaria que fossem até lá? E Rosinha, que nada tinha a ver com o caso? Nunca se perdoariam se algo acontecesse a ela.

Quase uma hora depois estavam em frente ao prédio onde Borba Gato morava. A turma procurava disfarçar, mas ficava de olho em qualquer pessoa suspeita que se aproximasse. Menos Rosinha, que se sentia feliz de rever seu amigo Borba.

Tocaram a campainha. Rosinha ao lado, escondida. Queria fazer surpresa pro amigo. Dependendo do que fosse acontecer, ele ia ficar mesmo surpreso, muito surpreso.

Não demorou muito e o próprio Borba Gato veio abrir a porta. Parecia um outro homem. Cabelos cortados, sem os óculos escuros, de agasalho esportivo, tênis branco e um sorriso simpático no rosto.

— Por favor, entrem — foi dizendo.

De repente:

— Surpresa! — exclamou Rosinha, surgindo a sua frente.

— Rosa! — assustou-se o jornalista.

Naquele momento, muito da suspeita que pesava sobre Borba Gato se desfez. Ele ficara realmente feliz com a visita da amiga, que não via de longa data. Todos da turma tiveram essa sensação, e passaram a trocar olhares bem impressionados, enquanto Rosinha e Borba Gato se abraçavam demoradamente.

— Seus traidores, por que não me avisaram? — brincou Borba Gato.

Seu astral era mesmo outro.

A entrevista durou cerca de uma hora. As perguntas tinham sido preparadas com antecedência, mas foi impossível que o encontro não se transformasse numa gostosa conversa informal. Borba Gato falou sobre sua infância, sobre o começo de sua carreira, sua técnica literária, os escritores que o influenciaram, aqueles de que ele mais gostava e, lógico, sobre Bóris Mariano. Comentou até que tinha sido chamado pela polícia para depor sobre o assassinato do amigo. Como suspeito.

— Um absurdo — disse. — Mas fui lá e respondi a tudo.

Todos acharam por bem não fazer nenhum comentário àquele respeito. A turma porque, agora, na frente de Rosinha, agia como se não desse a mínima para a investigação do crime. Borba Gato, no entanto, insistia no assunto. Estava indignado com o fato de a polícia ainda não ter descoberto o assassino.

— Só não entendo por que roubaram todos os originais das memórias que o Velho estava escrevendo.

Ao ouvir aquilo, Reina não segurou a curiosidade:

— Originais das memórias?

— Originais das memórias — confirmou Borba Gato. — Foi o que eu disse à polícia. Talvez o delegado não tenha divulgado o fato à imprensa por achá-lo muito importante. Mas não é estranho o assassino ter roubado as memórias do Velho?

Dessa vez foi Eurico quem não se conteve. Alguma coisa não estava batendo naquela história:

— Espera um pouco, Borba: como você sabe que o assassino roubou as memórias do Bóris Mariano?

— Ora, Eurico, você próprio não disse que o homem saiu do elevador com uma pasta cheia de papéis e disquetes?

A resposta não convenceu ninguém.

— Sim... mas não sei se aqueles papéis e disquetes eram as memórias que o Bóris estava escrevendo. Podia ser qualquer outra coisa, um conto, um romance, documentos...

Parecendo não ter outro argumento para justificar o que havia dito, Borba Gato, soltando uma baforada de seu cigarro, simplesmente sentenciou:

— Eram as memórias.

A convicção de Borba Gato ao proferir essas palavras acendeu de vez o ânimo da turma. Como "eram as memórias"? De onde vinha tanta certeza?

Rosinha percebeu que o cérebro dos garotos já minhocava novas desconfianças.

— Borba, pelo amor de Deus, tu explique essa história direito pros meninos, senão eles vão me deixar maluca.

Borba Gato deu uma risada tranquila. Era verdade o que tinha dito outro dia sobre Rosinha: não sabia dizer não a um pedido dela. Era uma das pessoas mais decentes que havia conhecido.

— OK, acho que não tem nada de mais vocês ficarem sabendo — concordou.

Então contou a história do agente literário que queria publicar as memórias de Bóris Mariano.

UM HOMEM DE FARO

Logo depois do assassinato, fora procurado no jornal por um homem que se identificara como Paulo J. K. Borba Gato não estava no momento. Achou estranho, mas resolveu ligar para o número impresso no cartão que o tal homem deixara em sua mesa. Uma secretária atendeu. Marcou um horário para ele conversar com Paulo J. K. no dia seguinte. A moça, porém, não quis adiantar o assunto.

Lá chegando, a secretária pediu que ele aguardasse. Não esperou cinco minutos e logo um homem alto, magro e de gestos refinados veio recebê-lo. Cumprimentou-o, conduziu-o até sua sala, pediu dois cafés pelo interfone e fechou a porta.

— Por favor, não se assuste — foi a primeira coisa que disse. — O senhor já vai entender por que tanto mistério.

A secretária entrou com uma bandeja e duas xícaras de café. Paulo J. K. sorveu um gole, depois falou:

— Tenho um negócio para propor ao senhor. Sou um homem de faro e quero me adiantar aos meus concorrentes.

Aos poucos ele foi entendendo. Tratava-se de um agente literário interessado em comprar os direitos autorais das memórias de Bóris Mariano. Inclusive os direitos para o cinema. A vida do autor de *As margens da Ipiranga* daria um ótimo filme. Era só jogar na mão de um bom roteirista e um bom diretor. Além do mais, os europeus adoravam Bóris Mariano, sobretudo os franceses. Suas memórias iam vender muito livro e lotar muita sala de cinema no Velho Continente.

Diante do que Paulo J. K. lhe propunha, Borba Gato teve de explicar que os direitos autorais de Bóris Mariano pertenciam a seus filhos, Mário e Memeia.

— E a editora que vocês tinham em sociedade? — inquiriu o homem.

— Está desativada — disse Borba Gato.

O que o homem queria saber era se havia contrato assinado com alguma editora.

— Que eu saiba, não — afirmou o jornalista.

Ele percebeu um brilho diferente nos olhos de Paulo J. K. Estava diante de um homem ambicioso.

— Tem contato com os filhos dele? — perguntou o agente, após um breve silêncio.

Na verdade, Borba Gato tivera apenas dois ou três contatos com Mário, que morava nos Estados Unidos. Um desses contatos se dera no velório de Bóris Mariano. Quanto a Memeia, jamais a vira ou falara com ela.

Mas, por curiosidade, para ver até onde aquele homem queria chegar, respondeu que sim, que tinha contato com os filhos de Bóris Mariano. Estava selada sua sorte. Paulo J. K. ofereceu-lhe 15 mil dólares para que convencesse os filhos do escritor a vender-lhe os direitos autorais das memórias.

— As editoras vão cair que nem abutres em cima dos herdeiros. Não tenho tempo a perder. É pegar ou largar.

Borba Gato pediu 24 horas para pensar. Alegou razões de consciência, lembrou que sua amizade com Bóris Mariano nunca visara obter lucros nem vantagens, uma conversa que não fora muito do agrado de Paulo J. K. Mas o empresário acabou concedendo as 24 horas que o jornalista pedira.

— Vinte e quatro horas. Nem um minuto mais!

Borba Gato foi se deitar perturbado naquela noite. De um lado, pesava-lhe a memória do amigo morto. De outro, sua precária situação financeira. Quinze mil dólares era um bom dinheiro. Além disso, as memórias de Bóris Mariano eram apenas uma gota no mar de sua extensa obra. Dormiu pensando nisso. Uma gota num imenso mar...

No dia seguinte, estava cedinho no escritório de Paulo J. K. Aceitava a proposta.

Porém, aqueles 15 mil dólares jamais chegariam a suas mãos. Convencer os filhos do Velho até que foi fácil. Difícil foi achar os originais das memórias. Não havia o menor vestígio delas. Nem no 286 de Bóris Mariano, que o assassino destruíra por completo, nem em disquetes, nem impressas. O homenzinho devia tê-las colocado na tal pasta ou no envelope-saco que Eurico vira com ele.

— É por isso que eu tenho certeza de que quem mandou matar o Velho só tinha um objetivo.

— E qual era? — quis saber Rosinha.

— Eliminar suas memórias. As eletrônicas e as que ele guardava em sua mente.

DELÍRIO DE ESCRITOR

No METRÔ, de volta pra casa:

— Será que não é piração do Borba esse negócio das memórias? — questionou Nemaila.

— Não sei — respondeu vagamente Reina. — Só sei que a polícia nunca iria atrás de uma suspeita como essa.

— Acho que pensaram que era delírio de escritor — deduziu Vareta.

— É, vai ver que é mesmo — disse Rosinha. — O Borba sempre teve imaginação fértil. Não é à toa que escreve romances policiais.

Apenas Eurico permanecia calado.

— E você, Eurico, o que acha? — indagou Reina.

— Nada — respondeu.

— Como nada? — exigiu Vareta.

— Nada. Não acho nada.

Ninguém quis comentar, mas desde a saída do apartamento de Borba Gato que Eurico estava meio esquisito.

Ao chegar em casa, a primeira coisa que Eurico fez foi desenterrar sua coleção de revistas *Parágrafo*, que estava numa caixa embaixo da cama. Procurou a que continha a entrevista com Bóris Mariano um mês antes de sua morte. As palavras de Borba Gato se repetiam em ritmo frenético na sua mente: "Eram as memórias", "Eram as memórias", "Eram as memórias"...

Finalmente encontrou o número que procurava. Era a edição que ele tinha consultado um dia antes da entrevista com Bóris Mariano. Abriu-a na página central e lá estava a entrevista de três páginas, cheia de anotações feitas pelo próprio Eurico, que a leu com toda a calma.

Seu coração acelerou na parte em que Bóris Mariano falava das memórias que estava escrevendo. Leu avidamente aquelas linhas, como se a qualquer momento fosse se deparar com algo revelador.

De repente aproximou a revista dos olhos e foi levantando devagar. Sem largá-la, passou a andar pelo quarto enquanto lia pronunciando baixinho cada palavra. Seu coração estava a mil por hora. "Preciso falar com a turma", pensou, interrompendo a leitura. Encostou a revista dobrada na ponta do nariz, pensativo: "Vou ligar pro Borba". Procurou cartões na gaveta de sua escrivaninha. Havia três.

— Mãe, vou dar um telefonema e já volto — disse, já à porta.

Dona Norma desconfiou:

— Mas a essa hora? São oito da noite.

A mente de Eurico trabalhava com rapidez:

— É pra Marina, mãe. Preciso que ela me empreste um livro de Geografia.

— E não pode ligar amanhã? Tem o dia inteiro pra ligar.

Mas Eurico já alcançava a calçada, dirigindo-se para o orelhão da esquina.

— Alô.

— Pois não.

Eurico logo reconheceu a voz.

— Borba Gato?

— É ele.

— Aqui é o Eurico.

— Oi, Eurico.

— Olha, preciso muito falar com você. Tem de ser amanhã.

— Aconteceu alguma coisa?

— Não. Mas descobri uma coisa importante.

— É sobre a morte do Velho?

— É sobre as memórias.

Borba Gato ficou alguns segundos em silêncio.

— Às duas, no meu apartamento. Pode ser?

— Pode.

— Então até lá.

— Até.

Eurico gostou da cumplicidade que havia na voz do repórter.

Depois voltou pra casa, onde um implacável sermão de dona Norma o esperava.

ERAM AS MEMÓRIAS

EURICO pulou da cama às sete da manhã na segunda-feira. Pretendia ir à casa de Reina, mas teria de esperar dona Norma sair primeiro. Depois do sermão da noite anterior, ela não ia permitir que o filho saísse logo cedo.

Pegou seus cadernos e livros, pôs em cima da mesa e começou a estudar biologia, uma das matérias que teria à noite. Sua mãe passou a arrumar as roupas em sua sacola. Era o ritual de todas as manhãs: selecionar as peças que mostraria às freguesas. Levou quase vinte minutos nisso.

Na mesa, Eurico, com o rosto afundado num livro de botânica, parecia bastante concentrado. O esporófito dos musgos continha uma cápsula portadora de esporângios. As briófitas, pteridófitas e fanerógamas reproduziam-se por alternância de gerações. As angiospermas constituíam o grupo mais diversificado do reino *Plantae* ou *Metaphyta.*

Assim que a mãe saiu, Eurico correu ao seu quarto, pegou a revista e voou para a casa de Reina. Sabia que o encontraria dormindo ainda. O gênio da raiz quadrada não era nada amigo de acordar cedo.

Chegando lá, constatou que mais uma vez acertara em cheio. Teve de esperar quase meia hora até que o amigo aparecesse. Enquanto esperava, leu e releu a entrevista. “Eram as memórias”.

— Que foi, cara? — estranhou Reina. — Descobriram a raiz quadrada de número negativo?

— Dá uma lida nisso — disse Eurico, entregando a revista para Reina.

Reina pegou a revista e foi sentando devagar, sem tirar os olhos da cara enigmática do amigo. Leu a parte grifada por Eurico, o trecho em que Bóris Mariano falava de suas memórias.

— Já li.

— E então?

Eurico esperava que Reina chegasse à mesma conclusão que ele.

— Não achei nada de mais no que ele falou aqui — bocejou Reina.

— Como nada de mais, Reina? — inconformou-se Eurico. — Ele faz acusações graves aqui, cita nomes...

— Ah, mas isso foi nos anos sessenta.

— Sim, mas as memórias iam sair agora — argumentou Eurico.

Reina continuava não vendo ligação entre os fatos.

— Precisa ver se esses caras estão vivos — disse por fim. — Epitácio Verde, Jorge Licínio, João Carlos Maranhão... Nunca ouvi falar.

— O Borba deve conhecer — disse Eurico. — Vou ao apartamento dele hoje à tarde.

— Fazer o quê? — perguntou Reina, que parecia mesmo não ter acordado.

— Mostrar pra ele, ora. Não quer ir junto?

— Justo hoje, Eurico? Marquei com o Vareta às duas no Maluquet's. A Marina vai estar lá. Por que não chama a Nemaila?

Eurico descobria por que Reina estava tão aéreo.

— A Marina... — murmurou Eurico.

Incrível como aquele nome lhe soava estranho agora. A menção dele já não o afetava como antes. Seu coração continuava a bater normalmente.

— Na certa vai estar lá com o Jobson — disse, mais para dizer alguma coisa.

Reina deixou escapar um sorriso pelo canto da boca. Um sorriso esperto.

— Pelo jeito você ainda não sabe...

Eurico fez ar de quem não entendera. Reina então falou:

— Ela não está mais namorando com o Jobson.

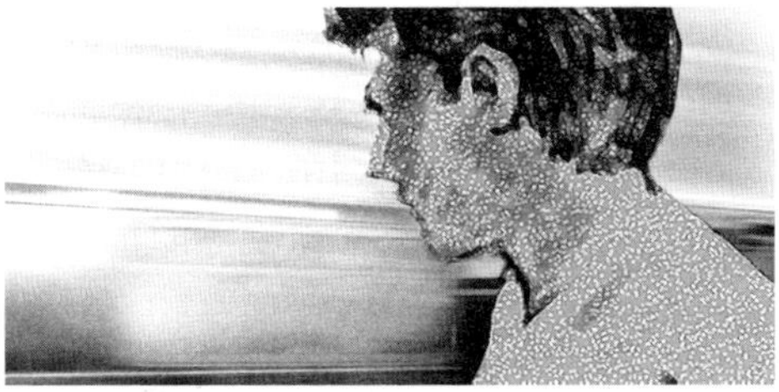

TOP SECRET

"E DAÍ?", foi pensando Eurico no metrô, indo ao encontro de Borba Gato. Levava a entrevista de Bóris Mariano. Nemaila não pôde ir com ele: tinha de transcrever a entrevista com Borba Gato.

Eurico continuava parafusando. E daí que a Marina não namorasse mais o Jobson? Problema deles. Não tinha mais nada a ver a Marina. Só que não deixava de ser engraçado. Pouco ou quase nada pensava na garota agora. Quem passara a protagonizar seus sonhos desde que a conhecera era Maria do Socorro. Estava apaixonado pela garota. Dormia pensando nela, sonhava com sua pele morena, seu sorriso bonito e seu corpo cheiroso. E acordava chamando por ela.

Às vezes, se deixava levar pela figura da moça. Mas logo voltava à realidade. Não queria se machucar novamente como se machucara com Marina. O amor, para ele, ainda era uma coisa doída. Dessa vez deixaria as coisas acontecerem. Achava que tinha aprendido uma sábia lição.

Mas, ao mesmo tempo, uma voz crescia dentro do seu ser e murmurava-lhe suavemente: *carpe diem*, Eurico, *carpe diem*!

Encontrou Borba Gato com o mesmo espírito jovial do domingo. O repórter lhe confessaria depois que sempre ficava assim quando começava a escrever um novo romance. E, pelo que parecia, estava mesmo iniciando um. Sobre uma pequena mesa na sala, seu micro ligado indicava que escrevera pela manhã. De fato. Num pequeno cinzeiro ao lado havia um amontoado de cinza e pontas de cigarro. Pelo jeito, Borba Gato fumava como um louco enquanto escrevia.

— O que você descobriu de tão importante? — perguntou Borba Gato.

Eurico desatou os elásticos de sua pasta e tirou dela a revista já aberta na página que queria mostrar ao repórter.

— Borba, leia isso.

Borba Gato sentou-se no sofá para ler o trecho que Eurico assinalara. O jovem estava ansioso.

— Jorge Licínio, Epitácio Verde, João Carlos Maranhão... — Borba Gato leu os nomes um a um.

Eurico, mais do que depressa:

— Você conhece esses caras?

Borba Gato primeiro quebrou a cinza de seu cigarro. Depois disse:

— O João Carlos morreu em 70 ou 71, não me lembro bem. Acidente de automóvel, parece. A literatura não perdeu nada com a morte dele. Já o Jorge Licínio era teatrólogo. Morreu faz uns dois anos. Me lembro do enterro dele. Morreu na miséria. Os artistas mais velhos é que pagaram o enterro.

Eurico ouvia atento. Até ali Borba Gato tinha sido perfeito. Nada de acusações levianas. Apenas informações precisas. Restava saber o que fora feito do tal Epitácio Verde.

— O Epitácio Verde... — o repórter fazia um esforço para que alguma lembrança se iluminasse em sua mente. — Não sei. Nunca mais ouvi falar dele. Sei que nos anos 60 levantava todas as bandeiras, participava de todas as passeatas, ameaçava fazer greve de fome... Mas depois sumiu. É até engraçado; um cara tão antitudo de repente some sem mais nem menos.

Mas no mesmo instante, como se tomado por uma repentina lembrança, Borba Gato sobressaltou-se:

— Peraí. Minto. Estou me lembrando agora. Ele anda metido com política. Isso mesmo. Parece que fundou um partido ou coisa parecida.

— Partido político? — quis saber Eurico.

— É, alguma coisa como "partido artístico revolucionário" ou coisa que o valha. Sei que tinha "artístico revolucionário" no meio. Mas, Eurico, você ainda não me disse o que descobriu de tão importante.

Os olhos de Eurico brilhavam depois do que Borba Gato havia revelado. A turma precisava estar ali. Reina precisava estar ali.

— Partido artístico revolucionário... — repetiu para si mesmo. — Borba, nós precisamos encontrar esse homem.

Borba Gato, que acendia outro cigarro:

— Nada disso. Só depois que você me explicar o que descobriu de importante sobre as memórias. Até agora não vi nada de mais.

— Isso — disse Eurico, apontando para o trecho que ele próprio tinha destacado a caneta na revista. — Aqui está a chave do crime.

Borba Gato riu.

— Bem que a Rosinha me avisou que vocês eram meio malucos — gracejou.

Eurico leu em voz alta o trecho da entrevista que interessava, dando ênfase às partes mais importantes.

— Que que tem isso? — perguntou Borba Gato no final. — O Velho tinha muitos inimigos. Falou o nome desses três por acaso. Podia ter mencionado outros.

— Mas será que foi mero acaso ele ter morrido um mês depois da entrevista? — questionou Eurico.

Borba Gato expressou em seu rosto que de repente Eurico podia estar com a razão. O jovem ganhou confiança.

— Borba, só te peço uma coisa. Me ajude a encontrar esse tal Epitácio Verde. Se ele não tiver nada a ver com o crime, palavra de honra que eu esqueço essa história para sempre.

Havia uma honestidade desesperada na voz do garoto.

— Tá certo. Vou levantar a ficha do homem. Mas também vou cobrar o prometido. Se você estiver enganado, vai esquecer essa história pra sempre.

Eurico foi pro Carvalho Senne agitado naquela noite. Não via a hora de conversar com a turma sobre suas descobertas. Reuniram-se na cantina. Nemaila, Vareta e Reina também tinham novidades.

— Conta você primeiro, Eurico — pediu Nemaila.

Eurico fez um resumo do caso:

— Dos três que o Bóris ameaça na entrevista, dois estão mortos. Só o Epitácio Verde é que está vivo.

— Epitácio Verde... Que nome! — comentou Reina.

— Mas e daí? — Vareta indagou, querendo saber o resto.

— Daí que o Borba ficou de descobrir o que ele faz atualmente — esclareceu Eurico.

— E quando ele descobre isso? — apressou-se Nemaila.

— Acho que amanhã — disse Eurico. — Ficou de ver no banco de dados do jornal.

— Então o negócio é esperar — falou Vareta.

— É, não tem outro jeito — conformou-se Eurico. — E vocês, o que têm de novo pra contar?

Ele ficou sabendo que Pedro tinha pedido Nemaila em namoro. E que ela pedira uma semana para pensar.

— Uma semana! — espantou-se Eurico. — Que sacanagem com o Pedro! Amanhã mesmo vou lá na banca dizer pra ele que você já aceitou e que só pediu uma semana pra dar uma de difícil.

— Faça isso e eu conto pra Marina que você ainda morre de paixão por ela.

— Ah, ah, ah — fez Eurico. — Você está mesmo por fora.

— Não adianta despistar que eu sei que é dela que você ainda gosta.

— Tá bom, então corre lá e diz isso pra ela.

Vareta e Camila também estavam se acertando. À tarde, no Maluquet's, o garoto ficara o tempo todo ao lado da ruivinha. Na saída, beijaram-se como namorados.

— E você, Reina? — inquiriu Eurico.

Antes de responder, ele fez uma cara de sério que não convenceu ninguém:

— Tô curtindo fase solitária.

Mas Eurico sabia que não era bem assim:

— Por favor, Reina, com seus amigos você pode se abrir. Vamos, diga por quem está batendo esse velho coração cartesiano.

Reina, sem perder a pose:

— *Top secret.*

UMA PEDRA NO SAPATO

NÃO foi difícil para Borba Gato descobrir o paradeiro de Epitácio Verde. No banco de dados do jornal, encontrou sua ficha completa.

O teatrólogo Epitácio Verde, conhecido nos anos 60 por sua postura política radical, era agora um bem-sucedido homem de negócios. Empresariava bandas de vários estilos musicais por todo o Brasil e possuía um esquema de *marketing* muito bem montado com algumas rádios em São Paulo. Mas, apesar de rico capitalista, ainda tentava manter a velha imagem de revolucionário de esquerda. E era com essa imagem que apostava suas fichas em uma candidatura a deputado estadual pelo partido que fundara, o PAR, Partido Artístico Revolucionário.

— Aqui está o endereço dele — disse Borba Gato.

— Precisamos dar um jeito de ir até lá — apressou-se Eurico.

Borba Gato pensou um pouco antes de falar:

— Posso até ir com vocês — ofereceu-se, já começando a se sentir um membro da turma. — Mas a coisa tem de ser feita de uma maneira que ele não perceba que está sendo investigado. É bom não esquecer que não temos certeza de nada. É apenas uma mera hipótese.

Quando Borba Gato terminou de falar, Eurico estalou os dedos no ar:

— Ei, acho que tive uma ideia!

Borba Gato:

— Lá vou eu de novo. E qual é?

— Vamos apresentar um artista ao Epitácio — disse Eurico.

Então passou a explicar seu plano.

Conhecia um cantor e letrista de *rock* que era um verdadeiro menino-prodígio. Tinha tudo para se tornar o Raul Seixas do século 21. Era magro, cabeludo, às vezes meio aloprado, às vezes muito na dele. Só que, quando revelou a Borba Gato que falava de Vareta, este não o levou muito a sério.

— O Vareta? Ora vejam só...

Eurico concordou que Vareta não levava mesmo muito jeito para líder da juventude. Mas era o único artista de que dispunham no momento.

Combinaram de apresentar o magrela ao empresário, sem no entanto perguntar a ele se estava disposto a se tornar um *pop star*.

A turma teve de ir junto. Afinal, apresentariam o líder da banda, mas a banda toda devia estar presente. Assim foi feito. No vocal e na guitarra, Vareta. No baixo, Eurico, que se apresentaria com um boné e o nome de Betão, para que Epitácio Verde não o reconhecesse. Na guitarra solo, Nemaila. Reina na bateria. Só faltava um tecladista.

— Pode ser *uma* tecladista? — perguntou Vareta.

— Ué, qual o problema? — disse Reina. — É até legal ter mais uma mulher na banda.

Foi assim que Camila se integrou novamente à turma. Era a única que tocava de verdade seu instrumento.

Para Borba Gato, sobrou a função de empresário dos jovens artistas.

Auxiliado por sua voz de locutor, Borba Gato conseguiu um horário na agenda lotada de Epitácio Verde.

— Às 13 horas em ponto — fez questão de salientar a secretária.

— O homem não é tão inacessível assim — comentou o jornalista.

No dia e horário acertados, estavam todos na sala de recepção da empresa do ex-teatrólogo, numa rua movimentada da Barra Funda. Borba Gato, obviamente, com uns exóticos óculos escuros, para que o

velho revolucionário não desconfiasse de sua identidade. E Vareta com uma boina estilo Che Guevara sobre a cabeleira. Era preciso fazer uma média com o "passado" do homem.

A secretária abriu a porta e pediu à banda que entrasse. Todos logo perceberam que a sala de Epitácio Verde era enorme. Havia vários cartazes de artistas nas paredes e, num canto, CDs e discos organizados em prateleiras.

— Por favor, sentem-se — pediu o homem.

Epitácio Verde devia ter uns dois metros de altura. Possuía um olhar de cobiça, parecendo enxergar nas pessoas apenas o que elas lhe pudessem trazer de lucro. Ficou zangado quando o "empresário" da banda desculpou-se, dizendo que não pudera trazer uma fita demo, pois esta não ficara pronta a tempo. Por isso limitou-se a pedir informações gerais sobre o grupo, sem demonstrar muito interesse.

Enquanto corria a conversa burocrática, a turma ia observando tudo o que podia. Mas não havia muita coisa pra se ver. Aquele era um típico escritório de empresário de artistas: simples, básico, apenas para o gasto.

Na despedida, Borba Gato perguntou a Epitácio Verde sobre sua campanha a deputado. Era uma última tentativa de descobrir alguma coisa. Eurico já se via na obrigação de cumprir o prometido ao repórter. Desistir de vez daquele caso. As coisas não eram como pareciam. Nem sempre onde havia fumaça havia fogo. E olha que não faltara empenho do Borba.

— Muitos problemas — respondeu Epitácio Verde, mudando o tom da voz. Saía de cena o empresário, entrava o político. — Mas a gente aos poucos vai tirando as pedras do caminho.

Eurico logo imaginou que Bóris Mariano devia representar uma enorme pedra no caminho do ex-teatrólogo. E que ele, Eurico, seria uma pedrinha em seu sapato. Uma pedrinha que devia ser eliminada o quanto antes.

Deixaram a sala com a promessa de que Vareta e sua banda, assim que trouxessem uma fita demo, teriam uma chance na abertura de um *show* de alguma banda mais experiente. É claro que era um pretexto para nunca mais tornar a vê-los. O dia a dia de Epitácio Verde era mesmo aquele. Artistas novos em busca de sucesso, a maioria sem o menor talento para conquistá-lo.

EU DESISTO!

— DESISTO! — desabafou Eurico, dirigindo-se com a turma para a porta de saída. — Pode até ser que o homem seja culpado. Mas nunca vou conseguir provas. Nunca.

— Tudo bem, Eurico — era Borba Gato que procurava confortá-lo. — Mas pelo menos você foi até o fim. Isso é que é importante. Ir até o fim. Agora é melhor esquecer de vez essa história.

— Tá certo, Borba — falou o jovem, contrariado.

Mal terminou de proferir essas palavras, passou por eles um homem atarracado, de estatura baixa, olhos azuis desbotados e pele muito branca. O coração de Eurico deu um salto. Era ele! Não tinha dúvida! Era ele!

Eurico não sabia se saía rápido dali ou se voltava para conferir direito. Mas não tinha dúvida. Era ele. O homenzinho do elevador.

— O que foi, Eurico? — perguntou Borba Gato, percebendo a mudança de comportamento do rapaz.

Eurico achou melhor chegarem à calçada para revelar o que tinha visto. Àquela altura não havia mais dúvidas. Fosse qual fosse o motivo, Epitácio Verde era o mandante do crime.

— Viram aquele homem que passou por nós? — indagou, assustado. — Era o homenzinho que eu vi na escada!

Ao redor dele, Borba Gato e a turma o olhavam incrédulos. Ninguém tinha reparado direito no homem. O repórter logo achou que aquela era uma estratégia de Eurico para descumprir o prometido.

— Eurico, esta foi sua última chance — disse, acendendo um cigarro. — Eu fiz a minha parte. Agora você tem de fazer a sua.

— Mas, Borba, eu tô falando sério. Aquele era o homenzinho.

Borba Gato não queria perder a oportunidade de afastar Eurico de uma vez por todas daquele caso. Usaria toda a sua autoridade de cinquentão para fazê-lo desistir de ir atrás do suposto homenzinho. Mas... e se o garoto estivesse certo? Se aquele fosse mesmo o homenzinho?

O jornalista tentou convencê-lo a entrar numa lanchonete para tomar um copo de água. Precisava de alguns minutos para refletir.

— Eu estou bem, pessoal — disse Eurico. — Por que não acreditam em mim?

— Tem certeza de que era ele? — perguntou Nemaila, maternal.

— Tô falando. Era ele, tenho certeza.

Um silêncio nervoso se instalou entre eles.

— Acho que o Eurico está falando a verdade — sentenciou Reina.

— Também acho — concordou Vareta.

Foi Borba Gato quem assumiu o risco:

— Vamos entrar naquela lanchonete — disse.

Transferiram-se apressados para a lanchonete, que ficava em frente ao endereço de Epitácio Verde. Para não dar na vista, pediram refrigerantes e passaram a discutir o que fazer.

— Daqui dá pra vigiar o homem — disse Nemaila.

— Eu fico até a noite, se for preciso — prontificou-se Vareta.

— Se ele sair, a gente segue ele — disse Eurico.

— É, mas não podemos fazer nada se não tivermos provas — lembrou Borba Gato.

Eurico não concordava:

— Borba, você quer prova melhor do que esta, ele estar no mesmo local que o Epitácio? Tá na cara que foi o Epitácio que mandou matar o Bóris.

Embora visse razão nas palavras de Eurico, Borba Gato procurava conter o ânimo da turma:

— Peraí, Eurico. "Tá na cara" não quer dizer nada. A coisa não pode ser feita dessa maneira. Primeiro precisamos de uma prova. Uma prova concreta.

— Mas que tipo de prova? — interrogou Vareta. — As memórias?

— Impossível — interveio Reina, que até então permanecera calado. — A esta altura, eles, quer dizer, o Epitácio, já deve ter dado um sumiço em tudo.

— Bom, lá isso é verdade — admitiu Borba Gato, colocando um pouco de coca-cola em seu copo. — Então precisamos bolar outra maneira de pegá-los.

— Você quer dizer "pegar o homenzinho" — corrigiu Nemaila. — Porque o Epitácio, não vai ser fácil.

— Você tem razão — disse Reina. — Vamos ficar de olho nele até conseguirmos uma prova.

— Não sei como, mas essa é a única coisa que podemos fazer por enquanto — avaliou Borba Gato.

— E se a gente preparar uma armadilha pra ele? — sugeriu Vareta, ainda com a boina de Che Guevara.

— Que tipo de armadilha? — quis saber Eurico.

— Sei lá... levar um gravador ou uma câmera escondida — Vareta explicou.

— Acho perigoso — ponderou Borba Gato. — Se alguma coisa der errado, nós estamos fritos. Vocês esqueceram que ele é um matador de aluguel? Deve andar armado. Não podemos chegar muito perto.

— Então por que não entregamos logo o caso pra polícia? — indagou Nemaila. — Já fizemos a nossa parte. Agora a parte mais perigosa é com eles.

— Nada disso — protestou Eurico. — Agora eu quero ir até o fim. Que nem o Borba falou.

— Estou com o Eurico — concordou Reina. — Nós roemos o osso e agora vamos comer o filé.

De repente, Eurico ficou agitado novamente:

— Olha lá, pessoal! O homenzinho saindo da empresa.

Todos olharam, esquecendo que não podiam dar muita bandeira.

De fato, um homem de estatura baixa tinha deixado o prédio de Epitácio Verde e atravessava a rua apressado. Uma nuvem de tensão envolveu a turma. O homenzinho veio vindo, passou em frente à lanchonete, nem olhou para eles. Eurico confirmou sua certeza:

— É ele. Ele mesmo. O mesmo homem que vi no prédio.

Como ainda usavam seus disfarces, pagaram a conta e resolveram segui-lo.

— Precisamos descobrir onde ele mora — antecipou Borba Gato.

— Ou se esconde — disse Vareta.

O homenzinho, com seus passos curtos e rápidos, dobrou a esquina, seguido a uma distância calculadamente curta pelos meninos e por Borba Gato.

Ao dobrarem a esquina, no entanto, tiveram uma surpresa. O homenzinho havia sumido.

— Mas como? — indagou Eurico, colocando as mãos na cintura.

Reina rapidamente matou a charada:

— Ele deve ter entrado ali — disse, apontando para uma porta velha de madeira, que dava para uma espécie de cortiço. Na entrada, uma placa: "Quartos para rapazes".

— Só pode ter sido — falou Vareta, indo até a porta e espiando pela fechadura.

Mas, para ter certeza, caminharam mais alguns metros. Naquele trecho da rua havia apenas um prédio em construção e uma pequena oficina mecânica, locais onde dificilmente o homenzinho teria entrado. Pelo menos não havia sinal dele por ali. Mais à frente, um terreno baldio. O cortiço era mesmo o lugar mais provável.

— Vamos anotar o endereço — disse Vareta.

Nemaila, que carregava uma pequena bolsa, tirou dela um bloco de anotações e procurou na esquina a placa com o nome da rua. Em seguida, anotou o número do cortiço.

— Pronto — disse a garota, destacando a folha. — E agora?

— Agora precisamos ter certeza de que ele mora mesmo aqui — comunicou Borba Gato.

Reina rapidamente maquinou um plano. Um plano que ele e Vareta já haviam posto em prática em outra ocasião.

DOIS JOVENS À PROCURA DE UM QUARTO

VARETA, sem a boina, tocou a campainha do cortiço. A seu lado, Reina fazia um sinal de positivo para a turma, que ficara de espreita na esquina.

— Não se esqueça, Vareta — sussurrou Reina. — Nós somos de Limeira e estamos estudando na USP.

— Por que não Campinas? — discordou Vareta, que era dessa cidade.

— Limeira, Limeira! — exasperou-se Reina. — Em Campinas tem a Unicamp.

— E você acha que o dono do cortiço vai saber essas coisas? — insistiu Vareta.

— Psssiu! — fez Reina. — Vem vindo alguém.

Por um momento, Reina pensou que pudesse ser o homenzinho. Mas quem apareceu na porta foi uma mulher de cabelos oxigenados.

— Pois não — disse ela, sem a mínima preocupação em se mostrar simpática. Parecia ter acordado naquele minuto.

— Hã..., boa tarde, senhora — gaguejou Vareta. — Nós estamos procurando um quarto.

A mulher olhou-os de cima a baixo.

— Vocês são estudantes?

Reina ia falar, mas Vareta tomou-lhe a frente:

— É, nós somos de Campinas e estamos fazendo mecatrônica na USP.

— Meca o quê? — espantou-se a mulher.

— Mecatrônica — repetiu Vareta. — Robótica, saca?

— Mecatrônica — interveio Reina, dando uma discreta cotovelada em Vareta. — Mecânica misturada com eletrônica.

— Hã... — disse a mulher, fazendo ar de quem tinha entendido.

— A senhora tem quarto vago? — perguntou Reina, logo em seguida.

— Quarto mesmo eu não tenho — explicou a mulher, um pouco mais receptiva. — O último foi alugado semana passada. Mas eu tenho três vagas.

— Vagas? — interrogou Vareta. — Como assim?

A mulher fez sinal para que eles entrassem e foi explicando:

— Vaga é uma cama num dos quartos — disse, enquanto os conduzia por um corredor cercado de portas fechadas. — Cada quarto tem seis vagas. A pessoa só vem aqui pra dormir.

Enquanto seguiam a mulher, Reina e Vareta tentavam adivinhar em que quarto teria entrado o homenzinho.

— Nós podemos ver as vagas? — perguntou Vareta, para ganhar tempo.

— Claro — disse a mulher.

Ela tirou do bolso um molho de chaves preso por um arame, moveu-se até uma das portas e abriu-a. Um cheiro de mofo escapou do interior do quarto.

Reina e Vareta não conseguiram disfarçar a repugnância que sentiram. A mulher acendeu a luz, que mal permitia ver três beliches com cobertores rotos dobrados sobre os travesseiros.

— Não tem banheiro? — indagou Reina.

A mulher deslocou-se até a porta e indicou com o queixo onde era o banheiro. Os dois olharam na direção de um cubículo sem reboque, com a porta escancarada. Dentro dele, de costas, um homem urinava.

— Vamos dar uma olhada — disse Reina, piscando um olho para Vareta. — Eu tenho a urina solta. Vai que o banheiro não é bom...

Mas não era o banheiro que Reina queria ver de perto.

Ao se aproximarem da porta, o homem vinha saindo. "Nem deu descarga", pensou Vareta.

— *Hola, cómo estás*, dona Soraia? — disse ele, terminando de fechar a braguilha e sem olhar para os meninos.

— Bem, seu Fred — retribuiu a mulher. — E o senhor?

— *Me voy defendiendo...*

Reina e Vareta se agitaram. Haviam descoberto onde o homenzinho morava e até seu primeiro nome: Fred.

Para não esquecer, Reina foi pensando nos Freds que conhecia do cinema e da televisão. Fred Krugger, Fred Astaire, Fred Flintstone... Logo um grito primitivo lhe veio à mente: "Yabadabadu!!!".

A mulher empurrou a porta do banheiro, que o homenzinho tivera o cuidado de encostar, pois não tinha tranca, e entrou no cubículo. Um forte cheiro de urina se desprendia do recinto.

— O banheiro é esse aqui — foi explicando a mulher. — Serve o cortiço inteiro.

Vareta não conteve a curiosidade:

— Não tem descarga?

— Tem — disse dona Soraia. — Mas só no fim do dia.

E apontou para um balde de plástico no canto do banheiro.

Enquanto isso o homenzinho entrava num dos quartos, fechando atrás de si a porta de número 7.

— Bom trabalho, meninos — disse Borba Gato, quando Vareta e Reina voltaram com as informações.

— Quer dizer que o homenzinho se chama Fred... — comentou Eurico.

— Um castelhano com o nome de Fred... — estranhou Vareta.

— Deve se chamar Frederico — arriscou Borba Gato. — Frederico, Fred.

— Pelo menos foi esse o nome que a mulher falou quando ele passou por nós — confirmou Reina. — A não ser...

— A não ser... — incentivou Borba Gato.

— A não ser que ele esteja usando um nome falso — completou Reina.

Após um breve silêncio, Nemaila falou:

— Bom, mas isso não importa. O mais importante é que a gente sabe que ele mora lá. Acho que agora devemos chamar a polícia.

— Sábias palavras, Nemaila — disse Borba Gato. — Já fomos longe demais nessa investigação. Agora é com a polícia.

— Até porque não temos nenhuma prova contra ele — arrematou a garota. — Só suspeitas.

— Só que suspeitas fortíssimas — contestou-a Eurico.

— E bota fortíssimas nisso — reforçou Reina.

— Tanto melhor, então — disse Borba Gato. — Se as suspeitas são "fortíssimas", a polícia não vai ter trabalho nenhum pra desvendar o caso e prendê-lo.

— Borba, acho que tenho um plano que pode dar certo — disse Eurico.

— Ele e os planos dele... — gracejou Borba Gato.

Eurico voltou-se para Vareta e Reina:

— O que vocês disseram pra mulher do cortiço na saída?

— Dissemos que a gente ia pensar, que o banheiro não era muito bom... mas que a gente ia pensar — apressou-se Vareta em explicar.

Os olhos de Eurico brilharam.

— Ótimo! Então vocês vão voltar lá e dizer que...

— Nada disso — discordou Borba Gato, enérgico. — Nós vamos ligar pra polícia e fazer uma denúncia anônima. E quanto antes, melhor, que esse pessoal de cortiço não costuma ficar muito tempo num mesmo lugar.

— Tô com o Borba — afirmou Nemaila.

Camila e Vareta também estavam.

— Estão vendo? — falou Borba Gato, zombeteiro. — Quatro a dois. Ganhamos de goleada...

— Tudo bem — disse Eurico, resignado. — Só acho que a denúncia não devia ser anônima.

Dessa vez, todos ficaram do lado de Eurico.

UM ATO DE CORAGEM

BORBA Gato consultou o relógio.

— Cinco horas. Não podemos perder mais tempo. Algum de vocês sabe o telefone do delegado que cuida do caso? — perguntou o repórter.

Reina sabia.

— Então vamos ligar.

Eurico ligou para a delegacia. Doutor Gilberto estava de férias. Quem atendeu foi o investigador De Paula. Em poucas e apressadas palavras o rapaz explicou o que estava acontecendo. O investigador logo se lembrou dele. E achou pertinente aquela informação dada pela única testemunha que vira o possível assassino.

— Vou mandar uma viatura, aguenta firme aí — comunicou o investigador. — Qual é o endereço?

Eurico passou o endereço e se despediu. Em seguida, foram todos para perto do cortiço, num local que não despertasse suspeitas.

Quinze minutos depois, uma viatura surgia sem fazer muito alarde. O investigador De Paula viera também. Era quem comandava a operação. Pelo jeito, levava fé que Eurico estava na pista certa.

Quando os policiais chegaram, Borba Gato narrou ao investigador tudo o que tinha se passado, dando ênfase à certeza de Eurico sobre o homenzinho. De Paula quis saber se o suspeito se encontrava no cortiço naquele momento:

— No quarto 7 — informou Reina.

— Vamos entrar lá — ordenou o investigador para os soldados. E para a turma: — Vocês aguardem aqui.

Dois PMs, seguidos pelo investigador De Paula, entraram no cortiço. Do lado de fora, a turma assistia à operação pela porta de entrada, que fora deixada aberta. Uma pequena aglomeração começou a encher a calçada.

Os policiais foram direto ao quarto 7. Dona Soraia seguia-os, assustada, sem entender o que se passava.

— Alguém quer me explicar o que está acontecendo?! — exclamava, manchando o cenário com seus cabelos louros.

O investigador bateu na porta e aguardou o homenzinho aparecer. Queria pegá-lo de surpresa. Mas o sujeito devia ter percebido a movimentação dos policiais no corredor. Ficou quieto dentro do quarto; parecia querer ganhar tempo.

De Paula não imaginou que Fred tentaria uma fuga pelos fundos. Resolveu arrombar a porta, que não ofereceu muita resistência. Quando entraram, o quarto estava vazio, a janela escancarada. Por ela viram o homenzinho fugindo pelo terreno ao lado, em meio às colunas de cimento da construção.

Fred só não contava com os garotos, que perceberam sua manobra e o cercaram na saída da construção. Na certa supuseram que ele levasse consigo apenas a pasta cheia de papéis que trazia colada ao peito. Mas o homenzinho tinha se preparado melhor do que eles imaginaram para a fuga. Sacou uma arma e a apontou para os meninos, que, diante do perigo tão próximo, recuaram, assustados, prevendo que Fred poderia detonar a arma se se sentisse acuado. Somente Eurico manteve a posição.

— Volta, Eurico, volta! — disse Reina, ante o olhar frio de Fred.

Mas Eurico parecia não ouvir o amigo e manteve-se bem próximo do fugitivo, confiando talvez numa ação rápida dos policiais, que já chegavam com suas armas em punho. Nemaila tentou acalmar Fred:

— Fica frio, cara, pode ir, a gente não vai fazer nada...

Ao ver que o investigador De Paula e os dois PMs se aproximavam, Fred, como último recurso, moveu-se na direção de Eurico, agarrou-o pelo pescoço e, apontando a arma para sua cabeça, disse numa voz pastosa:

— *No lleguen* perto *sino yo mato al chico*!

A ameaça de Fred deteve os policiais. De Paula fez sinal para que os PMs esperassem, mas sem abaixar as armas. A turma ficou aflita. Eurico mal conseguia respirar com a pressão que os braços curtos e grossos do homenzinho faziam contra seu pescoço. Ainda mais que Fred andava na direção da rua e quase arrastava o corpo do menino com sua força, improvável para um homem de sua estatura.

— *Yo* mato *al chico*! — repetia Fred, alucinado.

Os policiais tentavam acalmá-lo, usando de todo o seu preparo para momentos como aquele. Qualquer movimento mais brusco poderia ser fatal. Era perigoso contrariá-lo.

— Calma, vamos conversar... — falou De Paula, disfarçando o nervosismo que o tomava. — Vamos dialogar, dialogar...

Fred parecia não raciocinar. Levava Eurico como podia, sem largar sua pasta atulhada de papéis, enquanto os policiais o seguiam, com as armas engatilhadas. Sabia que não teria muita chance de fuga, a não ser que pedisse um carro. Tinha o garoto como refém, era o seu trunfo. Não pensaria duas vezes, caso precisasse matá-lo.

— *Un* carro! — ele gritou de repente, ao chegar à calçada. — *Yo quiero un* carro *con* motorista.

Apesar de apavorado, sabia o que estava fazendo. Talvez fosse a primeira vez que se visse numa situação como aquela, tão encurralado. Mas tinha o garoto. Tinha uma vida. Sabia o valor dela. E sabia que não o perdoariam pelo que viesse a fazer. Não o perdoariam pelo que já tinha feito. Não bastasse ter matado Bóris Mariano, agora o garoto corria risco. Seu pensamento radicalizou. Era tudo ou nada. Ele apostava no tudo. O nada não lhe interessava.

— *Un* carro! — esbravejou.

— OK, OK — disse De Paula, procurando ganhar tempo, sem no entanto saber como iria arrumar um carro naquele momento.

Nemaila interveio:

— Ele vai matar o Eurico! Não deem o carro...

O rosto de De Paula estava em brasa:

— Ele mata se a gente não arrumar o carro.

De repente ouviu-se um barulho surdo próximo do homenzinho. Ele deixara cair sua pasta. Centenas de folhas de sulfite espalharam-se pelo chão. Fred pareceu perturbar-se. Não sabia se continuava segurando Eurico, ou se abaixava para recolher as folhas. Olhou para os policiais. Eles continuavam firmes em suas posições. De Paula entendeu que aquele era o momento. Percebeu que aquelas folhas deviam ter muita importância para o homenzinho, pela forma obsessiva como ele segurava a pasta.

— Abaixem as armas! — ele ordenou.

Os PMs apenas moveram o olhar, sem esboçar movimento.

— Abaixem as armas! — ele gritou, mais enérgico.

Os soldados obedeceram.

— Pode pegar os papéis — disse o investigador para Fred. Estava tão próximo dele que não precisou gritar. Sua voz era amigável.

Fred, porém, não era um marinheiro de primeira viagem. Não iria se abaixar, ficar numa posição de desvantagem, ainda que tivesse Eurico na mira.

— *La chica* pega — ele disse, apontando para Nemaila. Queria deixar claro que quem dava as ordens ali era ele.

— Positivo — disse o investigador, fazendo um movimento de sobrancelhas para Nemaila. A tranquilidade de De Paula pareceu irritar o homenzinho.

— Devagar — sussurrou De Paula para a garota, quando ela passou por ele.

Nemaila caminhou até onde tinham caído os papéis, abaixou-se e começou a catar uma a uma as folhas. Estava tensa. Acabara de entrar na linha de fogo. Os olhares se voltaram todos para ela. Fred fiscalizava com olhos muito acesos o trabalho de Nemaila e, percebendo que a garota agia devagar, gritou com ela:

— Vamos, vamos!

Nemaila apressou-se, mas não muito. Até porque estava nervosa, sabia que De Paula tentaria alguma coisa naquele momento.

— *Aprisa*!

Ouviu-se uma buzina de automóvel. Um carro. Alguém oferecera um carro. Era o carro de Borba Gato, que estava no volante. Tudo o que Fred queria. Se bem que ele não tivesse ideia de onde iria com aquele carro. Mas, no estado em que se encontrava, iria até o inferno para escapar da prisão.

Borba Gato estacionou o carro próximo de onde eles estavam. Fred olhou a posição dos PMs. As armas permaneciam abaixadas. Nemaila pegava a última folha. Eurico parecia sufocar, o rosto vermelho.

Tudo então se passou muito rápido. Nemaila se levantou com a pasta na mão, entregou-a a Fred. A porta do carro foi aberta, para que Fred e Eurico entrassem. Fred fez uma vistoria rápida pelo interior do veículo e em seguida empurrou Eurico, sem tirar a arma de sua cabeça. Não tirava os olhos do investigador e dos dois PMs. Sentiu-se seguro ao ver que as armas permaneciam apontadas para baixo. De Paula chegou até a esboçar um gesto de que tudo estava sob controle, de que Fred poderia entrar no carro e ir para onde bem entendesse, o procedimento que ele aprendera como correto para aqueles casos. Fred se preparava para entrar no veículo quando, ágil como um felino, Reina surgiu por trás do automóvel e do homenzinho e segurou com as duas mãos a arma na mão de Fred. A pasta voltou a cair no chão, esparramando as folhas pela guia da calçada. Houve um disparo para o alto. Tumulto, os curiosos buscaram abrigo atrás dos automóveis. Assustado, Fred tentou se livrar de Reina atirando-o ao chão, mas logo os dois PMs e De Paula, tão surpreendidos quanto Fred pela ação de Reina, já estavam em cima dele, dominando-o.

Eurico saiu do carro, branco como uma folha de papel, mas esboçando um sorriso de alívio. Deu um abraço em Reina, que ainda não acreditava no que tinha feito. Vareta e Camila se aproximaram. Borba Gato estava lívido.

— Reina, você é maluco, é? — pergunta o repórter.

— Louco de pedra! — disse Nemaila.

— Que coragem, cara! — admirou-se Vareta.

Depois de ajudar a algemar Fred e enfiá-lo no camburão que acabara de chegar, De Paula, com a respiração ofegante e ameaçando um sorriso de alívio, se aproximou dos garotos, que ainda se cumprimentavam pelo desfecho feliz dos acontecimentos:

— Tudo bem aí, garotão? — perguntou para Reina, fazendo sinal de positivo.

Reina retribuiu o sinal, enchendo os pulmões e soltando o ar num gesto indicativo de que o pior já passara.

— E você, Eurico?

— Tudo bem — respondeu o garoto. — Só preciso tirar um raio X do meu pescoço.

— Acho que você estava na pista certa — disse para Eurico. — Se ele tentou fugir, é porque tem culpa no cartório...

Eurico já esperava uma convocação para depor na delegacia e confirmar seu reconhecimento do homenzinho. Mas Nemaila não tinha deixado que um pormenor passasse despercebido:

— Ei, pessoal, olhem só isto aqui — falou, mostrando a pasta com as folhas que Fred tinha deixado cair ao ser preso.

Todos se aproximaram. Nemaila abriu a pasta e foi virando as folhas.

— Os originais das memórias! — admirou-se Eurico.

— A prova que faltava — comentou Borba Gato.

— Ué, ele não entregou pro Epitácio? — disse Vareta, supreso.

— Isso é o que ele vai ter de explicar na delegacia — garantiu Borba Gato.

— E direitinho — completou Nemaila.

Só quem não estava entendendo nada daquela história era o investigador De Paula.

— Espera um pouco — disse. — O que que ele vai ter de explicar direitinho na delegacia?

— Pergunta pra ele — sugeriu Reina ao investigador. — Talvez você tenha que arrumar lugar pra mais um no camburão.

O policial, que já não tinha por que duvidar da esperteza dos meninos, dirigiu-se até o camburão com os originais nas mãos. Sem ter como negar as evidências, Fred prometeu contar tudo na delegacia. Inclusive quem era o mandante do crime. De Paula não o pressionou. Na delegacia o depoimento poderia ser mais completo.

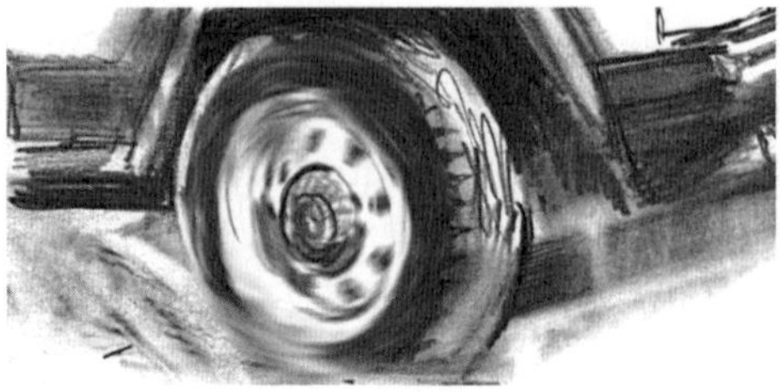

A ÚLTIMA CENA

COMEÇAVA a anoitecer.

A turma acompanhou os policiais até a delegacia. Não foi fácil para Borba Gato seguir os policiais, abrindo espaço no trânsito louco da cidade. A sirene do camburão acentuava a gravidade da situação, agitava o sossego das ruas.

Do distrito, os garotos foram autorizados a ligar para seus pais, avisando que estava tudo bem. Alguns repórteres já se encontravam no local e mandavam as primeiras notícias para as redações dos jornais. Na certa, os telejornais abririam seus noticiários com as primeiras informações sobre a prisão do principal suspeito da morte de Bóris Mariano.

Fred fora levado para a mesma sala onde Eurico e o porteiro haviam prestado seu depoimento. Desta vez, a porta fora fechada. Mas o mistério não durou muito tempo. Logo o investigador De Paula saía da sala com o olhar decidido de quem estava incumbido de uma importante missão. Estava escoltado por dois PMs.

À passagem do investigador, a turma se aproximou.

— E então, doutor? — perguntou Borba Gato.

— Agora vamos atrás do mandante — disse De Paula, sem abandonar os passos firmes. — É melhor vocês irem pra casa.

Ninguém gostou de ouvir aquilo. Sentiram-se jogados para escanteio. Como se não tivessem nada a ver com a prisão de Fred.

Mas, claro, De Paula queria ficar com a melhor parte. Prender o mandante do crime seria um feito e tanto. Primeira página em todos os jornais. Entrevistas na televisão. Quem sabe o início de uma carreira política. E não havia como a turma refutar seus argumentos. De Paula estava com a máquina policial na mão. Viaturas, armas, homens, a comunicação ainda que precária da polícia. Agora era a sua vez de agir.

— O jeito é ir pra casa e assistir ao final do filme pela televisão — disse Nemaila.

Foi o que fizeram. Ou o que tentaram fazer.

Na saída da delegacia, a imprensa ameaçou cercá-los caso pusessem os pés para fora. Foi preciso que dois policiais os escoltassem até o carro de Borba Gato, que estava no estacionamento.

Assim que se livraram da imprensa, puderam trocar impressões sobre tudo o que tinha ocorrido. Eurico era um sorriso só. Não apenas por finalmente poder dormir sem os pesadelos que o atormentavam nos últimos dias, mas também pela paz que voltaria a sua casa. Dona Norma e seu Júlio vinham sofrendo muito com aquela história.

Borba Gato deu-lhe um abraço, aliviado por tudo ter terminado bem.

— Imagine que nós chegamos a duvidar de você, Borba — confessou Vareta.

— Eu sabia disso — devolveu Borba Gato, para surpresa da turma.

— Sabia?

— Sabia. Mas vocês fizeram o certo. Se eu fosse um de vocês, também desconfiaria de mim.

A pedido dos meninos, Borba Gato deixou-os em frente à casa de Eurico. Embora mais do que nunca se sentisse um membro da turma, queria deixar os jovens comemorarem o sucesso da operação entre eles. Recusou o pedido geral para que entrasse e conhecesse a "implacável" dona Norma. Pelo menos era essa a impressão que ficava em Borba Gato toda vez que Eurico falava nela. Além do mais, estava exausto. Precisava ir para casa descansar da maneira mais prazerosa que conhecia: lendo e escrevendo.

Em todos os telejornais, no rádio, na Internet, não se falava de outra coisa: a prisão do principal suspeito do assassinato de Bóris Mariano. Mas foi por telefone que a notícia chegou aos ouvidos de Epitácio Verde. Um telefonema anônimo o avisara de que a polícia chegaria em seu escritório em poucos minutos. O empresário entendeu que deveria fugir o mais depressa possível.

Em alguns minutos seu reluzente Mitsubishi saía à toda da garagem do escritório, rumando para lugar desconhecido. Não se sabe como Epitácio Verde conseguira o feito de atravessar a cidade dentro de um carro tão chamativo sem levantar suspeita. A polícia não sabia que carrões importados eram o seu ponto fraco. Quando chegaram ao seu escritório, o ex-teatrólogo já tinha evaporado como fumaça.

Em pouco tempo, a polícia levantou e vasculhou o território do pequeno império de Epitácio Verde. Além do escritório na Barra Funda, seu sítio em Mairiporã, sua casa em Alphaville, seu apartamento em Higienópolis, sua casa de praia no Guarujá... Cada metro quadrado de seus domínios foi revirado em tempo recorde, numa operação ousada da polícia. Pelo rádio, De Paula soube que também a mulher e os filhos de Epitácio ignoravam seu paradeiro.

Na casa de Eurico, dona Norma se descabelava de preocupação. Quando viu o filho chegando, seguido de seus amigos do Carvalho Senne, correu para abraçá-lo. Já estava a par das últimas notícias, mas só sossegou quando pôde enfim abraçar o filho e senti-lo ali, carne e osso, o olhar explodindo de emoção.

— Fica tranquila, dona Norma — disse Reina, fazendo ar de adulto. — Prenderam o homem. E já estão atrás do mandante.

— Graças a Deus — disse a mãe de Eurico. — Agora só falta o outro.

— O outro é o de menos, mãe — disse Eurico. — O importante era o homenzinho.

— De menos, nada — rebateu dona Norma. — Se ele não for pego logo, vai querer se vingar.

— Isso é verdade — concordou Vareta. — Mas a situação dele é difícil. Só se ele se tornar invisível...

— Com mulher, filho, empresa... — disse Reina. — Ele não vai conseguir. Mas é bom tomar cuidado.

Dona Norma ligou a TV. A turma foi se sentando onde dava. Nemaila, Camila e Vareta na poltrona. Eurico no chão. Reina no braço da poltrona onde dona Norma estava. A campainha tocou.

— Deixa que eu atendo — falou Vareta.

Era Rosinha. Soubera das últimas notícias e viera correndo. Ficara feliz com a solução do caso. Pelos meninos, pelos pais de Eurico, por Borba Gato, por Bóris Mariano. A professora abraçou Eurico demoradamente. Finalmente sua mãe iria ver que Rosinha não era a pessoa que ela estava pensando.

Em questão de minutos, as duas conversavam na cozinha. Eurico sabia que fatalmente uma iria com a cara da outra. Que se dariam bem. Ainda mais que Rosinha não cansava de elogiar o filho de dona Norma. Inteligente, perspicaz, esperto, curioso, persistente... Eurico não perdia uma palavra, mas fingia não estar ouvindo.

Enquanto isso, na sala, os garotos aguardavam nova edição extraordinária sobre o caso na televisão. Zapeavam de uma emissora a outra, em busca de novidade. Logo cinco fumegantes xícaras de café aterrissaram na mesinha de centro da sala. Os pães de queijo, dos quais já se sentia o cheiro, estavam a caminho.

De repente, o rosto de Bóris Mariano apareceu por inteiro na tela. O jornal da TV Educativa dava a notícia em primeira mão. Voz do locutor: acabara de ser preso o empresário e ex-teatrólogo Epitácio Verde, acusado de ser o mandante do assassinato do escritor Bóris Mariano.

Imagens tumultuadas de Epitácio Verde entrando numa viatura, vociferando contra as câmeras, como se representasse num palco, foram levadas ao ar. Era sua última cena.

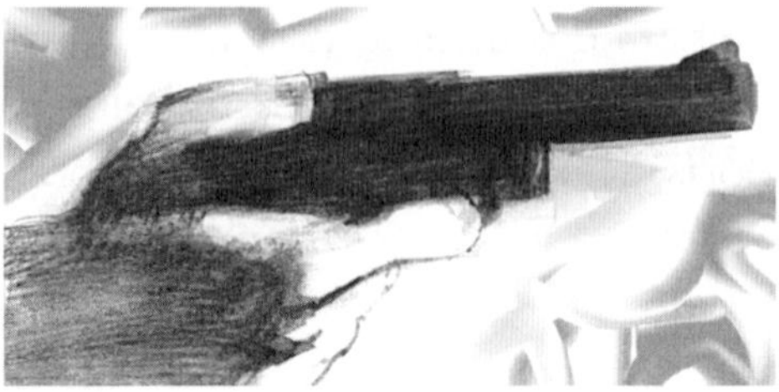

ESTAVA NO *SCRIPT*

Epitácio Verde fora pego no Aeroporto de Cumbica, tentando fugir do país. A Polícia Federal, que ficara de prontidão desde as primeiras horas da noite, o interceptara quando ainda tentava comprar passagens com o nome falso de Rodolfo Koppenhagen. Pensava em fugir para Portugal, depois seguir para a Espanha, onde tinha velhos amigos. Em vinte minutos estava na frente do delegado, desapontado e extenuado pela exaustiva tentativa de fuga iniciada desde quando fora avisado de que Fred tinha sido preso.

Enquanto Epitácio Verde esperava para dar seu depoimento, Fred terminava o dele. Um depoimento que revelava um profissional do crime frio, metódico e ambicioso.

Cerca de dois meses atrás fora sondado por um dos homens de Epitácio Verde para fazer um "servicinho pesado". Era sua especialidade. Epitácio Verde pedira um homem experiente, que tivesse jogo de cintura para ficar um tempo fora do país depois da tarefa. O Chileno, como era conhecido, era o homem ideal. Tinha residência no Chile, embora sua área de atuação fosse mesmo o Brasil.

O trabalho não era muito complicado. Pelo menos para um matador experiente como ele. Deveria entrar no apartamento do escritor Bóris Mariano, roubar os originais das memórias que ele estava escrevendo, destruir os circuitos de seu computador e roubar todos os disquetes que houvesse no apartamento. Feito isso, matar o escritor.

Por quê? Matadores de aluguel não fazem perguntas. Matam.

Pediu 20 mil dólares para executar a tarefa. Quatro mil no ato, mais quatro mil para apresentar um plano. O restante, no aeroporto, a caminho do Chile, depois de confirmada a eficiência do serviço. Subornos seriam pagos por Epitácio Verde. Mas ele, Fred, é que negociaria. Uma das exigências para aceitar o risco. E uma das formas de tirar mais dinheiro do empresário. Havia muito se convencera de que deveria ser ambicioso. Cobrar alto pela fama que conquistara de profissional metódico e eficiente.

Durante uma semana observou diariamente os hábitos de Bóris Mariano e a rotina da vigilância do prédio onde o escritor residia. Constatou que Bóris Mariano saía para almoçar religiosamente ao meio-dia em ponto. Pouco antes das duas estava de volta. Ia a pé até um restaurante da Cardoso de Almeida, ali perto. Depois caminhava pelos quarteirões próximos, olhava as revistas nas bancas, conversava com o jornaleiro, cumprimentava os circunstantes, pois todos sabiam de quem se tratava.

Quanto ao porteiro, concluiu que era um sujeito displicente. Almoçava à uma e meia, voltava às duas. O zelador era quem cobria seu horário de almoço, mas era tão displicente quanto o titular do cargo. Além disso, dividia-se entre olhar a entrada do prédio e cuidar de seus afazeres, deixando às vezes a guarita descoberta. Fred enxergou ali a brecha de que precisava para entrar no prédio sem ser importunado. Mas... como fazer para entrar no apartamento do escritor?

A solução, de novo, estava no pessoal de serviços. Desde que começara a observar Bóris Mariano, descobriu que o escritor tinha uma empregada. Abordando-a, descobriu que ela não estava satisfeita nem com o salário que recebia, nem com o tipo de trabalho que fazia. Um prato cheio para o esperto Fred. Por onde começar?

A primeira ideia que lhe ocorreu foi a de seduzir a jovem empregada. Não era de se jogar fora, e parecia vulnerável aos encantos do sexo oposto. Mas Fred achou que a conquista poderia demorar. O lado romântico não era o seu forte. E estava precisando de dinheiro rápido. Não poderia esperar o desenrolar de um episódio no qual ele não tinha certeza de obter êxito. Teria de bolar algo mais rápido. Mas que também não pusesse água na fervura. Um passo em falso, àquela altura, deitaria tudo por terra.

Pensou numa boa quantia. Quinhentos reais? Pouco. Mil? Razoável. Mil e quinhentos? O suficiente. Falaria em dois mil. Pagaria mil.

O suborno foi direto, indefensável. A quantia falou por si mesma. Dois mil reais pela cópia das chaves do portão do prédio e do apartamento 64. E depois sumir do mapa. Sem perguntas. Se a empregada abrisse o bico, não veria a cor do dinheiro. E talvez a cor de mais nada.

Negócio fechado.

Com a posse das chaves, ele entrou no prédio. Tudo de acordo com o *script* meticulosamente pensado e repensado, visto e revisto nas noites solitárias que passava no cortiço, próximo ao escritório de Epitácio Verde.

Bóris Mariano tinha ido almoçar. O porteiro também. O zelador que o substituía acabara de entrar no elevador. Deveria demorar. Estava no *script*. A guarita encontrava-se às moscas. Era o momento.

Subiu pela escada até o sexto andar, para não levantar suspeitas. Ninguém à vista. Colocou a chave na fechadura, girou. Por um momento pensou que fosse emperrar. Mas a porta se abriu assim que ele deu o primeiro giro. Entrou. Fechou-a rapidamente atrás de si e passou a chave sem fazer barulho. Ali estava o cenário de mais um serviço.

Logo avistou o gabinete de trabalho de Bóris Mariano, uma sala repleta de caricaturas do próprio escritor feitas por desenhistas de renome. Num canto, sobre uma mesa, um computador, que ele, apesar de sua ignorância no assunto, achou ultrapassado. Ao lado do micro, laudas e laudas impressas, que ele julgou serem as memórias. Consultou o relógio. Uma e quarenta. Teria vinte minutos para dar conta de tudo. Estava no *script*.

Com violência, arrancou os fios da tomada e, com um rolo de macarrão que encontrou na cozinha, golpeou o que julgou serem as partes mais importantes do equipamento: o disco rígido, os circuitos, as placas, os *chips*, que ele encontrou abrindo a torrinha do micro com uma chave de fenda. Olhou para a máquina e duvidou que alguém pudesse recuperar as informações naquela sucata eletrônica. Mas, por via das dúvidas, para não pôr em risco sua fama de profissional frio e eficiente, com o pé deu um golpe certeiro de karatê no monitor, atirando-o ao chão e espatifando a tela. Aquilo não estava no *script*, mas incutiu-lhe uma confiança que ele ainda não encontrara desde que entrara no apartamento.

Achar as pastas e os disquetes não foi difícil. Bóris Mariano era muito organizado. Tudo estava muito bem classificado com etiquetas, no *rack* ao lado da mesinha do micro. Nos disquetes, lia-se "Memórias 1", "Memórias 2", "Memórias 3"... Bóris Mariano usava pastas azuis para guardar os impressos das memórias. Isso Fred rapidamente percebeu. Faltava agora a parte final.

Olhou para o relógio. Faltavam cinco minutos. Organizou tudo em uma pasta maior, enfiou nela como pôde os disquetes e deixou-as a jeito, para a hora da fuga. Apalpou a arma na cintura. Um pensamento gelado perpassou-lhe o espírito. Era sempre assim. Aquele pensamento gelado tornara-se seu velho conhecido. Um companheiro das horas em que não se devia pensar, apenas agir.

Ficou ali parado, olhando o momento de agir, quando seus olhos bateram na prateleira onde Bóris Mariano guardava suas bebidas. Fred soubera da fama que o escritor tinha de bom copo e também de sua predileção por uísques.

Voltou a olhar o relógio. Quatro minutos. Sim, daria tempo. Que mal havia? Ele também gostava de uísques. E a bebida lhe daria mais que coragem. Foi até o pequeno bar, escolheu um uísque, o de nome mais exótico, serviu um drinque a si mesmo e, levantando o pequeno copo, disse para o silêncio da sala:

— Saúde!

Mal terminou de tomar seu drinque, ouviu barulho de chave na porta. Correu para esconder-se. Nesse momento o interfone tocou. Bóris Mariano entrou apressado e foi atender, deixando a porta encostada. Fred perturbou-se. Planejara executar o escritor pelas costas, assim que ele desse os primeiros passos no apartamento. Esperou. Era alguém que pedia autorização para subir. Fred perturbou-se mais ainda. Ouviu o escritor dizer um "pode subir" apressado, pois ficara preocupado com a porta, que deixara aberta. Quando Bóris Mariano se virou, ainda pôde ver um homenzinho apontando uma arma para ele. Foram dois disparos certeiros. Estava no *script*.

Tudo fora meticulosamente planejado. E teria dado certo, se ele não tivesse cruzado com o maldito menino metido a detetive.

EXPLICANDO O *MUCHAS GRACIAS*

NA SALA do delegado, Epitácio Verde confessou ser o mandante do crime.

Preparava-se para entrar na política como deputado estadual. Tinha tudo para conseguir uma cadeira: dinheiro, prestígio, apoio do partido. Quando soube por uma revista que seu nome constava das memórias de Bóris Mariano, seu antigo desafeto, sentiu que aquilo poderia enterrar sua candidatura. Uma candidatura que ele costurara nos últimos dez anos e que seria o início, caso se elegesse, de uma possível arrancada rumo à prefeitura da cidade.

Decidiu cortar o mal pela raiz. Sabia o que Bóris Mariano iria revelar sobre ele em suas memórias. O escritor sabia de seus acordos clandestinos com os militares. Sabia o quanto ele lucrara entregando colegas comunistas do meio teatral. E Epitácio Verde tinha a convicção de que assassinatos eram uma espécie de apêndice da política. De que tudo se resolvia na pistola.

Primeiro pensou em roubar tudo o que o autor tinha escrito até aquele momento em suas memórias. Mas isso apenas não bastava. Era preciso destruir a fonte daquelas memórias. Foi então que contratou Fred, um chileno que lhe viera recomendado por um fazendeiro do Mato Grosso para fazer o serviço. Pagou-lhe 20 mil dólares para matar o escritor e sumir do mapa. Foi o que Fred fez. Logo depois do crime, se mandou para o Chile. Só voltara havia pouco mais de uma semana, quando começara a pensar que o crime jamais seria descoberto...

— ...E porque planejava chantagear Epitácio Verde com as cópias que ele tinha tirado das memórias — disse Nemaila, comentando as notícias do último telejornal da noite.

— Mas que safado... — observou Camila.

— Mas aí Eurico cruzou o caminho de Fred de novo.

Eurico indignou-se:

— Ué, mas se o Fred estava no Chile esse tempo todo, como é que ele poderia ter colocado o papel escrito "muchas gracias" por baixo da minha porta?

Vareta e Reina foram então obrigados a esclarecer aquela história.

— Sinto muito, Eurico, mas você estava muito teimoso — apressou-se Reina em explicar. — Eu tinha de convencê-lo de alguma forma a entrar na investigação.

Eurico fez cara de quem não entendera.

— É isso mesmo. Fomos nós que colocamos o papel lá.

— Vocês fizeram isso? — indignou-se Eurico, enquanto os dois olhavam-no, segurando o riso.

— Ah, Eurico, até que foi divertido... — disse Vareta.

— Divertido? Divertido pra vocês... Eu nem conseguia dormir direito por causa daquela mensagem. Ah, mas essa vai ter troco. Ah, se vai.

Reina ainda encontrou clima propício para revelar outra coisa a Eurico.

— Você promete que não vai ficar zangado?

— Pode falar, Reina.

— Posso confiar?

Pela cara de felicidade de Reina, que ele não conseguia disfarçar, Eurico já desconfiava.

— Já sei, Reina. Você tá namorando com a Marina.

Reina ficou sem jeito. Mas Eurico não estava mesmo abalado. Demonstrou isso:

— Vê se não dá uma de Jobson e perde a garota, hein. A Marina é uma garota e tanto.

CARPE DIEM

NAQUELA mesma noite, o diretor decretou que não haveria aula no Carvalho Senne. E, na quarta-feira seguinte, quando saísse o terceiro número do *Carpe*, haveria uma pequena homenagem aos membros da turma, em especial a Eurico. Coisa, sem dúvida, da Rosinha. Não era em todo colégio que os alunos faziam um jornal literário de qualidade e ainda desvendavam crimes.

Eurico concedeu várias entrevistas. Dona Norma, com um sorriso que ia de uma orelha à outra, servia cafezinhos aos amigos do filho e aos jornalistas. A sala era pequena para tanta gente. Uma emissora de televisão marcara uma entrevista com dona Norma no sábado à tarde. Todos queriam conhecer a mãe do herói.

— Tá vendo, mãe. E eu ainda tinha de sair escondido sempre que ia atrás de uma pista.

Dona Norma não cansava de abraçar o filho. Só seu Júlio é que não se deixava levar pelo tumulto. Já tinha consultado várias vezes o relógio, preocupado com o horário do telejornal. Até porque, naquela noite, eles é que seriam a notícia.

Naquela mesma edição do telejornal, uma repórter informou que a polícia continuava procurando pela ex-empregada de Bóris Mariano, a fim de que ela prestasse esclarecimentos.

Também foi ao ar uma entrevista com Florisval, o porteiro do edifício, que finalmente fora encontrado em sua cidade natal. Confirmando o depoimento de Fred, o pobre homem reiterou que não vira ninguém entrar no prédio e não tinha culpa de nada. Porém, ficara assustado com o assédio da polícia e resolvera sumir por uns tempos, com medo de ser acusado e preso injustamente.

— Coitado! — comentou Eurico, lembrando o quanto a turma fora precipitada ao suspeitar do porteiro.

Ao mesmo tempo, lembrou-se das palavras de Rosinha, quando eles haviam manifestado suas suspeitas sobre Borba Gato: "A gente nunca deve acusar ninguém sem ter prova suficiente pra isso".

Mais uma vez, a professora estava coberta de razão.

Na quarta-feira, o terceiro número do *Carpe* foi lançado em meio a uma pequena homenagem à turma. O diretor fez discurso, dona Gil fez discurso, todo mundo queria tirar uma casquinha na glória dos meninos. Borba Gato, o entrevistado do bimestre, teve de dar vários autógrafos. Afinal, era um romancista policial e vinha se tornando conhecido ultimamente. E, para orgulho de Eurico, prometera passar a ele tudo o que aprendera com Bóris Mariano.

Por sinal, naquele dia memorável, o repórter e escritor policial tinha algo a dizer para Eurico.

— Lembra que eu falei que estava começando a escrever um livro novo?

— Lembro. E daí?

Borba Gato esboçou um sorriso:

— Daí que nos últimos dias pude colher material de sobra para escrevê-lo.

— Como assim?

— O livro é sobre você e seus amigos. E vai se chamar *Carpe diem*.

— Sério?

— Sério.

— Legal, Borba — comemorou o garoto. — Deixa eu contar isso pra turma.

Mas, enquanto procurava Reina, Nemaila, Camila e Vareta, quase perdeu a fala quando percebeu alguém chegando junto com Rosinha. Era Maria do Socorro. No mesmo instante, esqueceu de procurar seus amigos. Encaminhou-se até onde estavam as duas, deu um abraço forte em Rosinha e cumprimentou Maria do Socorro.

— Oi, Eurico. Parabéns pelo jornal — disse a garota, com a mesma graça com que havia conquistado o rapaz.

Rosinha estava com um sorriso matreiro nos lábios:

— Eu não devia te dizer — ela falou —, mas a Socorro estava doidinha para te ver.

— Tiiiiia!!! — Maria do Socorro ficou encabulada com a inconfidência de Rosinha.

Eurico não podia acreditar que estava novamente diante de sua princesa morena. E ela estava mais encantadora do que no dia em que foram ao cinema.

O burburinho das vozes já não fazia sentido para ele. Seus olhos e ouvidos se voltavam todos para Maria do Socorro. Jurou para si mesmo que não a perderia de vista depois daquela festa. Até o final daria um jeito de convidá-la para um cinema. Estava mais que na hora de pôr em prática o lema de seu jornal. Aproveita o dia, aproveita a hora, aproveita a festa!

Perdido no labirinto de pessoas, Eurico só pensava em estar perto da protagonista dos seus sonhos. Trazia dentro de si um sentimento agitado, mas gostoso de sentir, que finalmente era correspondido. Amar e ser amado. Não havia sensação melhor no mundo.

O AUTOR

Arquivo pessoal

Nome completo
Samir Thomaz

Local e data de nascimento
São Paulo, 11 de outubro de 1963

Cidade em que reside
São Paulo

Estado civil
Casado

Filhos
uma filha

Profissão
Editor-assistente

Formação acadêmica
Autodidata

Minha história está marcada pela indústria do café. Meu pai era torrefator na Companhia União dos Refinadores, que produzia o Café Caboclo — ele comandava uma máquina que torrava grãos de café a uma temperatura altíssima. Na esteira da industrialização cafeeira, comprou um terreno às margens da Central do Brasil, onde floresciam os bairros operários. Foi num bairro desses, a Vila Ré, que nasci, em 11 de outubro de 1963, sob o signo de Libra e às vésperas do golpe militar de 64.

Cresci colecionando figurinhas do álbum Brasil Novo, ouvindo canções da Jovem Guarda e acompanhando as novelas de rádio que minha mãe ouvia no velho ABC, 'A voz de ouro'. Aos 6 anos, vibrei com o Tri da Seleção Brasileira, aos 7, entrei no Carvalho Senne e, aos 8, desfilei de fita verde-amarela no Sesquicentenário da Independência. Como todo menino de periferia, assisti ao programa *Vila Sésamo* e também sonhei ser um dia o camisa 10 da Seleção.

Certo dia de 1975, ao ouvir uma música do Chico Buarque, senti o estalo da curiosidade intelectual. Três anos depois, enquanto meus amigos dançavam sob *Os embalos de sábado à noite*, eu curtia Gil, Caetano, Raul e Milton e lia peças do Plínio Marcos. Pensaram que eu tinha pirado. Eu me sentia lúcido. Comecei a ler Kafka, Dostoiévski, Camus, Drummond. Não parei mais. Daí a começar a escrever foi um pulo.

Na década de 1980, chorei a morte de John Lennon, cortei o cabelo no estilo *punk*, usei camiseta do Solidariedade, fui a passeatas do PT, ouvi *Clara Crocodilo*, não perdi um *Fábrica do Som* e toquei solos imaginários de guitarra com os Titãs. Um belo dia me apaixonei pela Naide, sequestrei-a e me casei com ela. No finalzinho da década, minha filha, Joyce, nascia, enquanto Raul Seixas tomava seu último porre.

Continuo lendo, escrevendo, ouvindo o fino da MPB e do *rock* e descobrindo uma paixão tardia, o cinema — sou fã dos filmes do Tarantino. Meus amigos de infância continuam achando que não regulo bem. Nunca me senti tão lúcido.

ENTREVISTA

Para cada edição do jornal da escola, o *Carpe Diem*, Eurico e sua turma costumam entrevistar um escritor. Agora é a vez de Samir Thomaz, autor desta obra repleta de mistério e aventura, ser entrevistado. Vamos saber um pouco mais sobre sua vida e seu modo de pensar.

Qual foi o ponto de partida para escrever *Carpe Diem*?

A ideia de escrever o *Carpe* nasceu no dia em que fui entrevistar o escritor Marcos Rey em seu apartamento, em 1995. Naquele período, eu tinha um jornal literário, chamado *Mercado Editorial*, que naufragou pouco tempo depois. Liguei para o Marcos Rey, que era um dos meus ídolos literários, e ele topou no ato fazer a entrevista. Quando entrei no apartamento dele, percebi que não havia empregada, a mulher dele não estava, quer dizer, eu estava sozinho com aquele indefeso senhor de 70 anos. Comecei a imaginar que, se eu fosse um ladrão ou assassino, poderia tranquilamente fazer o meu serviço no apartamento, que ninguém perceberia. Bom, eu o entrevistei, a conversa foi ótima, o Marcos era de fato uma figura, e a própria entrevista acabou me fornecendo os outros ingredientes do romance, ou seja, fatos em profusão sobre os bastidores do mundo intelectual na década de 1960. Saí de lá com a história na cabeça. Nesse sentido, posso dizer que, como não sou ladrão nem assassino, o *Carpe* acabou se tornando o meu crime. Um crime literário.

Livros e escritores fazem parte do dia a dia de Eurico e da turma do *Carpe Diem*. E você, quando e como começou a se interessar pela literatura? O que mais o influenciou na escolha de sua carreira?

Antes de me interessar por literatura, me interessei pela MPB que se fazia no final da década de 1970. Foi por meio da música do Chico, do Caetano, do Gil, do Raul e do Milton que comecei a me interessar por literatura. A música brasileira daquele período tinha um gostinho de subversão, herança de 1968, que me seduzia e que foi uma influência forte que tive. Em 1979, com 15 anos, li *O estrangeiro*, de Albert Camus. Foi um choque. Eu já me sentia um *outsider* no mundo provinciano de periferia em que vivia. No ano seguinte, fiz um curso de jornalismo por correspondência. O curso não me valeu grande coisa, mas serviu para eu intuir que minha história seria marcada pela palavra impressa. Como era um garoto solitário, fui me descobrindo nas leituras que fazia. E fui percebendo que meus olhos viam as coisas de uma maneira diferente da dos outros. Nada genial ou messiânico, mas uma maneira muito peculiar de prestar atenção em episódios ínfimos do cotidiano que para a maioria das pessoas não tinham a menor importância. Com essa sensibilidade no olhar aflorando a todo momento, só me restava mesmo escrever.

Quais são seus escritores favoritos e os livros que marcaram sua vida?

Meu repertório de autores não é muito grande. Li somente o que me interessava. Depois, reli várias vezes aquilo que me marcou. Considero-me um releitor. Sou da geração influenciada por *O encontro marcado*, do Fernando Sabino. Foi o livro que, junto com *O estrangeiro*, do Camus, me situou no mundo. Depois, tive várias fases de leitura. A literatura russa, Dostoiévski à frente, foi uma paixão na juventude. Li *Crime e castigo* com um furor alucinado. Em seguida veio Kafka, com *A metamorfose*, e a paixão foi a mesma. Na década de 1980, enveredei pela literatura latino-americana, com García Márquez e Vargas Llosa. Entre os brasileiros, meu preferido é Érico Veríssimo. *Incidente em Antares* é uma obra-prima, um livro irretocável. Também gosto de Osman Lins, Caio Fernando Abreu e Sérgio Sant'anna. Ultimamente, tenho lido a prosa cubana contemporânea, em especial Cabrera Infante, Reinaldo Arenas e Pedro-Juán Gutierrez. São autores que me instigam a escrever. Em poesia, Fernando Pessoa e Drummond são meus poetas de cabeceira. Em teatro, sempre releio Plínio Marcos.

Os garotos de *Carpe Diem* são jornalistas amadores. E há a personagem Borba Gato, um jornalista profissional que também é escritor. Em sua opinião, que papel a imprensa desempenha na sociedade bra-

MISTÉRIO
entre linhas e letras

Carpe Diem
O crime bate à porta

SAMIR THOMAZ

ROTEIRO DE LEITURA

Eurico estuda no Carvalho Senne, onde, com os amigos Reina, Vareta, Nemaila e Marina, fundou o jornal literário *Carpe Diem*. A entrevista com Bóris Mariano, para o próximo número do jornal, prometia ser um encontro excitante — afinal, essa seria a primeira entrevista de Eurico com um escritor famoso da literatura brasileira. No entanto, ao chegar ao apartamento de Bóris, o garoto o encontra morto. Pressionado pela polícia, Eurico faz importantes revelações sobre o provável assassino e acaba colocando sua vida em perigo. Instigados pela aventura e pelo misterioso motivo do crime, Eurico e sua turma resolvem fazer suas próprias investigações e entregar o criminoso à polícia.

POR DENTRO DO TEXTO

Enredo e personagens

1. O título do livro, *Carpe Diem*, é também o nome do jornal literário dos jovens personagens dessa aventura. A expressão é o começo de um verso de Horácio (*Odes*, Livro I), no qual há uma advertência dirigida a uma moça: *Aproveita o dia de hoje. Confia o menos possível no de amanhã.*

   a) Como você interpreta esses versos?

   ____
   ____
   ____

   b) Você acha que o conselho do poeta tem alguma coisa a ver com a história?

   ____
   ____
   ____
   ____
   ____
   ____
   ____
   ____
   ____

2. Você conhece o ditado: "A primeira impressão é a que fica"? Pois um dos truques para escrever histórias é dar muita importância a esse dito popular, na hora de apresentar as personagens ao leitor. O primeiro momento em que eles aparecem em cena é muito importante. Vamos indicar aqui quatro breves apresentações de personagens desta história para que você descreva a sua primeira impressão sobre elas a partir da leitura desses trechos:

   a) Na p. 11: Fred.

   ____
   ____

   b) Na p. 49: Rosinha.

   ____
   ____

d) *Ad infinitum:* ______

e) *Data venia:* ______

7. Agora, vamos verificar o significado de algumas expressões em português usadas no texto. Lembre-se de que, em certos casos, elas podem ter um significado especial dentro da história.

a) Dar sopa para o azar (p. 8): ______

b) Enfrentar a fera (p. 8): ______

c) Ser café pequeno (p. 37): ______

d) Estar no *script* (p. 116): ______

DO TEXTO AO CONTEXTO

8. Bóris Mariano é um escritor que teve participação destacada na luta contra a ditadura militar que governou o país entre os anos de 1964 e 1984. Nesse período, pessoas foram sequestradas pelas Forças Armadas, torturadas e mortas. A imprensa foi submetida à censura. Livros foram proibidos. Não se podia votar para presidente, nem para diversos outros cargos, e só existiam os partidos permitidos pelo governo. Nesse período triste, muitos intelectuais e artistas — como Bóris Mariano — tiveram de deixar o país. Pesquise quem são algumas dessas pessoas e o que estão fazendo hoje em dia. Aproveite a pequena biografia de Bóris Mariano, na página 43 e seguintes, e investigue que episódios mencionados ali (AI-5, por exemplo) realmente fazem parte da História do país.

9. Na biografia de Bóris Mariano, são citados vários países. Alguns deles faziam parte da chamada *cortina de ferro*. De fato, com a queda do *Muro de Berlim* e, depois, com *o fim da União das Repúblicas Socialistas Soviéticas (URSS)*, o mundo mudou. E as fronteiras também mudaram. O final da *Guerra Fria* deu início a uma nova relação entre os países e a uma nova ordem internacional.
Os termos em destaque do texto acima dizem respeito a fatos muito importantes da história recente do mundo. Faça uma pesquisa e descubra o que cada um deles significou, ressaltando o contexto histórico. Em seguida, troque opiniões com seus colegas de classe sobre esses acontecimentos.

10. Bóris Mariano era gaúcho, e da bonita e aventureira história do Rio Grande do Sul fazem parte os conflitos e as guerras entre ximangos e maragatos, mencionados na biografia do escritor. Informe-se mais sobre esse assunto em enciclopédias ou em livros de História.

OUTROS TEXTOS, OUTRAS LINGUAGENS

(Música, Literatura e Vídeo)

11. Os versos a seguir são parte da letra de "Mosca na sopa", música de Raul Seixas, compositor citado algumas vezes no texto.

Eu sou a mosca que pousou em sua sopa
Eu sou a mosca que pintou pra lhe abusar
Eu sou a mosca que perturba o seu sono
Eu sou a mosca no seu quarto a zumbizar

E não adianta vir me dedetizar
Pois nem o DDT pode assim me exterminar
Porque cê mata uma e vem outra em meu lugar

Essa música faz parte do disco *Krig-ha, bandolo!*, da gravadora Philips/Phonogram. Escute-a e perceba como a interpretação de Raul Seixas é irônica e debochada. Que ideias e imagens a canção lhe desperta? E o que você acha das brincadeiras de linguagem da letra? Raul inventa regências e palavras para acentuar o efeito poético dos versos. Identifique esses trechos.

12. Em *Carpe Diem*, são citados os filmes *O nome da rosa*, direção de Jean-Jacques Annaud (Globo Vídeo), baseado num romance com o mesmo nome, de Umberto Eco, que fez enorme sucesso, e *Sociedade dos poetas mortos*, direção de Peter Weir (Abril Vídeo). O primeiro, entre outras coisas, é uma excelente

SUGESTÕES PARA REDAÇÃO

Vamos supor que você e seus colegas de classe estejam na redação do jornal *Carpe Diem*. Reúnam-se em grupos para decidir qual vai ser a *pauta* do jornal. Pauta de um jornal é a relação das matérias que vão sair no próximo número. A seguir, daremos algumas sugestões para escreverem a respeito. Lembrem-se de que o *Carpe Diem* é um jornal especializado em literatura.

17. Há uma enorme lista de escritores brasileiros e estrangeiros, contemporâneos e do passado, mencionados no livro. Que tal fazer uma pequena biografia de alguns deles, em que, além dos dados pessoais do escritor — onde e quando viveu — você mencione os episódios marcantes de sua vida, de sua carreira e de sua obra?

18. Os grandes jornais geralmente publicam suplementos literários nos finais de semana. Neles, há matérias sobre livros, listas dos mais vendidos, etc. Elabore um artigo para o *Carpe Diem*, baseado nesses suplementos literários e nas informações que eles contêm, informando seus leitores sobre o que está sendo lido no momento, quais são as obras que estão fazendo sucesso, etc.

19. Você sabe o que é uma resenha? *Resenha* é um termo típico do jornalismo especializado em literatura. Fazer uma resenha significa resumir a história de um livro ou transmitir o "clima" dele para o leitor, dando uma opinião crítica e analisando alguns pontos importantes da obra. Às vezes na resenha se fala também sobre a vida do escritor. Escreva uma resenha sobre um livro de que você tenha gostado muito.

20. *Anúncios de livros são uma parte importante dos jornais literários*. Faça um anúncio para vender o livro que você resenhou. Crie uma frase de efeito (*slogan*) que incentive as pessoas a ler e a comprar a obra.

21. Existe algum escritor, poeta ou compositor que você queira homenagear? Alguém que escreva letras de música que você ache geniais? Então, aproveite o espaço, na seção *Colaborações dos leitores* do jornal, e publique um poema, um conto, fale do seu ídolo... Já imaginou se você e ele se encontrassem?

c) Na p. 24: Borba Gato.

d) Na p. 95: Epitácio Verde.

3. De acordo com os itens abaixo, responda ao que se pede, tentando se colocar no lugar das personagens do livro.

a) Eurico é a única pessoa capaz de identificar o homem que, ao que tudo indica, é o assassino de Bóris Mariano. No entanto, pensando em se proteger de uma possível vingança do criminoso, num primeiro momento não conta nada sobre seu rápido encontro com o suspeito no saguão do prédio. O que você acha da atitude de Eurico?

b) Quando a turma de garotos fica sabendo do desentendimento entre Borba Gato e Bóris Mariano, por causa da editora falida que os dois tinham em sociedade, resolve passar a informação à polícia. E fazem isso por meio do serviço disque-denúncia, ou seja, anonimamente. Você concorda com o procedimento dos garotos? Justifique sua resposta.

c) Um agente literário procura Borba Gato para que este o ajude a publicar as memórias de seu falecido amigo, Bóris Mariano. Oferece ao jornalista 15 mil dólares. Ele hesita, mas acaba aceitando, por estar precisando do dinheiro. Mas fica se sentindo culpado por lucrar com a morte do amigo escritor. Em sua opinião, Borba Gato tem razão de se sentir culpado? Por quê?

4. O apartamento de Bóris Mariano é o 64. O número do apartamento do vizinho, que atendeu Eurico e chamou a polícia, é 68. Esses números estão relacionados com o passado do escritor assassinado... Tente descobrir por quê.

5. *Carpe Diem*, de Samir Thomaz, é uma aventura policial. Cite alguns dos autores que se dedicaram a esse gênero de muita tradição na literatura universal. Aproveite e escreva — pensando no livro que leu — quais são, na sua opinião, as características de uma história policial.

Linguagem

6. *Carpe diem* é uma expressão latina tão famosa que, às vezes, a usamos até sem saber o que significa. Isso ocorre com muitas outras expressões. Que tal checar o significado de algumas delas no dicionário?

   a) *Ipsis litteris*:

   b) *Status quo*:

   c) *Alea jacta est*:

aventura policial passada num mosteiro, na Idade Média. O segundo é sobre uma escola conservadora dos anos 50, onde surge um professor cheio de novidades que estimula os alunos a pensar por si mesmos. Ambos têm em comum com *Carpe diem* o fato de tratarem de literatura. Que tal promover com a turma duas sessões de vídeo para assistir a esses filmes? Depois troquem ideias sobre eles.

13. Um dos mais destacados romancistas brasileiros contemporâneos é Rubem Fonseca, que, inclusive, teve um livro proibido na época da ditadura, chamado *Feliz Ano Novo* (Companhia das Letras). Rubem Fonseca, hoje em dia, tem se dedicado a escrever bons romances policiais, como *A grande arte* (Companhia das Letras), entre outros. Descubra o que puder a respeito desse escritor, cujas obras já foram traduzidas em vários países, sobre o que ele já publicou e o que tem escrito ultimamente.

ATIVIDADES INTERDISCIPLINARES

(Sugestões para História, Informática e Ciências)

14. Na biografia de Bóris Mariano, menciona-se o jornal o *Pasquim*, um semanário com uma multidão de leitores na década de 1970 e que sofreu a forte pressão da ditadura. O *Pasquim* foi o melhor representante do que se chamou *imprensa nanica*, com uma característica: o humor. Falava sobre coisas sérias, sempre ironizando. Era a aplicação do ditado popular: "A melhor arma contra o poder é rir dele!". Faça uma pesquisa sobre o *Pasquim*. Você vai encontrar fatos importantes da História do Brasil, redigidos num estilo especial de jornalismo, além de grandes nomes da cultura brasileira que passaram por suas páginas.

15. Dos tempos em que Sherlock Holmes aproximava sua lupa dos objetos da cena do crime para descobrir pistas até os dias de hoje, muita coisa evoluiu na tecnologia de investigação criminal. Há diversas áreas que se relacionam, como a Medicina, a História, a Biologia, a Física e a Informática, para oferecer recursos aos detetives contemporâneos. Procure em jornais e revistas informações a respeito ou entreviste um especialista ou algum entendido no assunto para saber como computadores, laboratórios e sofisticados exames e testes ajudam a esclarecer crimes.

16. Dentro de um jornal, atualmente, há profissionais que, além do jornalismo, se especializaram em diversas áreas, para noticiar melhor o que acontece no país e no mundo. Há especialistas em informática, em consumo, em economia, etc. Que tal descobrir o que fazem essas pessoas da redação de um jornal, qual é a formação delas e quais as habilidades e os conhecimentos que julgam essenciais para o desempenho da profissão?

MISTÉRIO
entre linhas e letras

Carpe Diem
O crime bate à porta

SAMIR THOMAZ

ROTEIRO DE LEITURA

Eurico estuda no Carvalho Senne, onde, com os amigos Reina, Vareta, Nemaila e Marina, fundou o jornal literário *Carpe Diem*. A entrevista com Bóris Mariano, para o próximo número do jornal, prometia ser um encontro excitante — afinal, essa seria a primeira entrevista de Eurico com um escritor famoso da literatura brasileira. No entanto, ao chegar ao apartamento de Bóris, o garoto o encontra morto. Pressionado pela polícia, Eurico faz importantes revelações sobre o provável assassino e acaba colocando sua vida em perigo. Instigados pela aventura e pelo misterioso motivo do crime, Eurico e sua turma resolvem fazer suas próprias investigações e entregar o criminoso à polícia.

POR DENTRO DO TEXTO

Enredo e personagens

1. O título do livro, *Carpe Diem*, é também o nome do jornal literário dos jovens personagens dessa aventura. A expressão é o começo de um verso de Horácio (*Odes*, Livro I), no qual há uma advertência dirigida a uma moça: *Aproveita o dia de hoje. Confia o menos possível no de amanhã.*

a) Como você interpreta esses versos?

____

____

____

b) Você acha que o conselho do poeta tem alguma coisa a ver com a história?

____

____

____

____

____

____

____

____

____

2. Você conhece o ditado: "A primeira impressão é a que fica"? Pois um dos truques para escrever histórias é dar muita importância a esse dito popular, na hora de apresentar as personagens ao leitor. O primeiro momento em que eles aparecem em cena é muito importante. Vamos indicar aqui quatro breves apresentações de personagens desta história para que você descreva a sua primeira impressão sobre elas a partir da leitura desses trechos:

a) Na p. 11: Fred.

____

____

b) Na p. 49: Rosinha.

____

____

d) *Ad infinitum:* ______________________________

e) *Data venia:* ______________________________

7. Agora, vamos verificar o significado de algumas expressões em português usadas no texto. Lembre-se de que, em certos casos, elas podem ter um significado especial dentro da história.

a) Dar sopa para o azar (p. 8): ______________________________

b) Enfrentar a fera (p. 8): ______________________________

c) Ser café pequeno (p. 37): ______________________________

d) Estar no *script* (p. 116): ______________________________

DO TEXTO AO CONTEXTO

8. Bóris Mariano é um escritor que teve participação destacada na luta contra a ditadura militar que governou o país entre os anos de 1964 e 1984. Nesse período, pessoas foram sequestradas pelas Forças Armadas, torturadas e mortas. A imprensa foi submetida à censura. Livros foram proibidos. Não se podia votar para presidente, nem para diversos outros cargos, e só existiam os partidos permitidos pelo governo. Nesse período triste, muitos intelectuais e artistas — como Bóris Mariano — tiveram de deixar o país. Pesquise quem são algumas dessas pessoas e o que estão fazendo hoje em dia. Aproveite a pequena biografia de Bóris Mariano, na página 43 e seguintes, e investigue que episódios mencionados ali (AI-5, por exemplo) realmente fazem parte da História do país.

9. Na biografia de Bóris Mariano, são citados vários países. Alguns deles faziam parte da chamada *cortina de ferro*. De fato, com a queda do *Muro de Berlim* e, depois, com *o fim da União das Repúblicas Socialistas Soviéticas (URSS)*, o mundo mudou. E as fronteiras também mudaram. O final da *Guerra Fria* deu início a uma nova relação entre os países e a uma nova ordem internacional.
Os termos em destaque do texto acima dizem respeito a fatos muito importantes da história recente do mundo. Faça uma pesquisa e descubra o que cada um deles significou, ressaltando o contexto histórico. Em seguida, troque opiniões com seus colegas de classe sobre esses acontecimentos.

10. Bóris Mariano era gaúcho, e da bonita e aventureira história do Rio Grande do Sul fazem parte os conflitos e as guerras entre ximangos e maragatos, mencionados na biografia do escritor. Informe-se mais sobre esse assunto em enciclopédias ou em livros de História.

OUTROS TEXTOS, OUTRAS LINGUAGENS

(Música, Literatura e Vídeo)

11. Os versos a seguir são parte da letra de "Mosca na sopa", música de Raul Seixas, compositor citado algumas vezes no texto.

Eu sou a mosca que pousou em sua sopa
Eu sou a mosca que pintou pra lhe abusar
Eu sou a mosca que perturba o seu sono
Eu sou a mosca no seu quarto a zumbizar

E não adianta vir me dedetizar
Pois nem o DDT pode assim me exterminar
Porque cê mata uma e vem outra em meu lugar

Essa música faz parte do disco *Krig-ha, bandolo!*, da gravadora Philips/Phonogram. Escute-a e perceba como a interpretação de Raul Seixas é irônica e debochada. Que ideias e imagens a canção lhe desperta? E o que você acha das brincadeiras de linguagem da letra? Raul inventa regências e palavras para acentuar o efeito poético dos versos. Identifique esses trechos.

12. Em *Carpe Diem*, são citados os filmes *O nome da rosa*, direção de Jean-Jacques Annaud (Globo Vídeo), baseado num romance com o mesmo nome, de Umberto Eco, que fez enorme sucesso, e *Sociedade dos poetas mortos*, direção de Peter Weir (Abril Vídeo). O primeiro, entre outras coisas, é uma excelente

SUGESTÕES PARA REDAÇÃO

Vamos supor que você e seus colegas de classe estejam na redação do jornal *Carpe Diem*. Reúnam-se em grupos para decidir qual vai ser a *pauta* do jornal. Pauta de um jornal é a relação das matérias que vão sair no próximo número. A seguir, daremos algumas sugestões para escreverem a respeito. Lembrem-se de que o *Carpe Diem* é um jornal especializado em literatura.

17. Há uma enorme lista de escritores brasileiros e estrangeiros, contemporâneos e do passado, mencionados no livro. Que tal fazer uma pequena biografia de alguns deles, em que, além dos dados pessoais do escritor — onde e quando viveu — você mencione os episódios marcantes de sua vida, de sua carreira e de sua obra?

18. Os grandes jornais geralmente publicam suplementos literários nos finais de semana. Neles, há matérias sobre livros, listas dos mais vendidos, etc. Elabore um artigo para o *Carpe Diem*, baseado nesses suplementos literários e nas informações que eles contêm, informando seus leitores sobre o que está sendo lido no momento, quais são as obras que estão fazendo sucesso, etc.

19. Você sabe o que é uma resenha? *Resenha* é um termo típico do jornalismo especializado em literatura. Fazer uma resenha significa resumir a história de um livro ou transmitir o "clima" dele para o leitor, dando uma opinião crítica e analisando alguns pontos importantes da obra. Às vezes na resenha se fala também sobre a vida do escritor. Escreva uma resenha sobre um livro de que você tenha gostado muito.

20. *Anúncios de livros são uma parte importante dos jornais literários*. Faça um anúncio para vender o livro que você resenhou. Crie uma frase de efeito (*slogan*) que incentive as pessoas a ler e a comprar a obra.

21. Existe algum escritor, poeta ou compositor que você queira homenagear? Alguém que escreva letras de música que você ache geniais? Então, aproveite o espaço, na seção *Colaborações dos leitores* do jornal, e publique um poema, um conto, fale do seu ídolo... Já imaginou se você e ele se encontrassem?

c) Na p. 24: Borba Gato.

d) Na p. 95: Epitácio Verde.

3. De acordo com os itens abaixo, responda ao que se pede, tentando se colocar no lugar das personagens do livro.

a) Eurico é a única pessoa capaz de identificar o homem que, ao que tudo indica, é o assassino de Bóris Mariano. No entanto, pensando em se proteger de uma possível vingança do criminoso, num primeiro momento não conta nada sobre seu rápido encontro com o suspeito no saguão do prédio. O que você acha da atitude de Eurico?

b) Quando a turma de garotos fica sabendo do desentendimento entre Borba Gato e Bóris Mariano, por causa da editora falida que os dois tinham em sociedade, resolve passar a informação à polícia. E fazem isso por meio do serviço disque-denúncia, ou seja, anonimamente. Você concorda com o procedimento dos garotos? Justifique sua resposta.

c) Um agente literário procura Borba Gato para que este o ajude a publicar as memórias de seu falecido amigo, Bóris Mariano. Oferece ao jornalista 15 mil dólares. Ele hesita, mas acaba aceitando, por estar precisando do dinheiro. Mas fica se sentindo culpado por lucrar com a morte do amigo escritor. Em sua opinião, Borba Gato tem razão de se sentir culpado? Por quê?

4. O apartamento de Bóris Mariano é o 64. O número do apartamento do vizinho, que atendeu Eurico e chamou a polícia, é 68. Esses números estão relacionados com o passado do escritor assassinado... Tente descobrir por quê.

5. *Carpe Diem*, de Samir Thomaz, é uma aventura policial. Cite alguns dos autores que se dedicaram a esse gênero de muita tradição na literatura universal. Aproveite e escreva — pensando no livro que leu — quais são, na sua opinião, as características de uma história policial.

Linguagem

6. *Carpe diem* é uma expressão latina tão famosa que, às vezes, a usamos até sem saber o que significa. Isso ocorre com muitas outras expressões. Que tal checar o significado de algumas delas no dicionário?

   a) *Ipsis litteris*:

   b) *Status quo*:

   c) *Alea jacta est*:

aventura policial passada num mosteiro, na Idade Média. O segundo é sobre uma escola conservadora dos anos 50, onde surge um professor cheio de novidades que estimula os alunos a pensar por si mesmos. Ambos têm em comum com *Carpe diem* o fato de tratarem de literatura. Que tal promover com a turma duas sessões de vídeo para assistir a esses filmes? Depois troquem ideias sobre eles.

13. Um dos mais destacados romancistas brasileiros contemporâneos é Rubem Fonseca, que, inclusive, teve um livro proibido na época da ditadura, chamado *Feliz Ano Novo* (Companhia das Letras). Rubem Fonseca, hoje em dia, tem se dedicado a escrever bons romances policiais, como *A grande arte* (Companhia das Letras), entre outros. Descubra o que puder a respeito desse escritor, cujas obras já foram traduzidas em vários países, sobre o que ele já publicou e o que tem escrito ultimamente.

ATIVIDADES INTERDISCIPLINARES

(Sugestões para História, Informática e Ciências)

14. Na biografia de Bóris Mariano, menciona-se o jornal o *Pasquim*, um semanário com uma multidão de leitores na década de 1970 e que sofreu a forte pressão da ditadura. O *Pasquim* foi o melhor representante do que se chamou *imprensa nanica*, com uma característica: o humor. Falava sobre coisas sérias, sempre ironizando. Era a aplicação do ditado popular: "A melhor arma contra o poder é rir dele!". Faça uma pesquisa sobre o *Pasquim*. Você vai encontrar fatos importantes da História do Brasil, redigidos num estilo especial de jornalismo, além de grandes nomes da cultura brasileira que passaram por suas páginas.

15. Dos tempos em que Sherlock Holmes aproximava sua lupa dos objetos da cena do crime para descobrir pistas até os dias de hoje, muita coisa evoluiu na tecnologia de investigação criminal. Há diversas áreas que se relacionam, como a Medicina, a História, a Biologia, a Física e a Informática, para oferecer recursos aos detetives contemporâneos. Procure em jornais e revistas informações a respeito ou entreviste um especialista ou algum entendido no assunto para saber como computadores, laboratórios e sofisticados exames e testes ajudam a esclarecer crimes.

16. Dentro de um jornal, atualmente, há profissionais que, além do jornalismo, se especializaram em diversas áreas, para noticiar melhor o que acontece no país e no mundo. Há especialistas em informática, em consumo, em economia, etc. Que tal descobrir o que fazem essas pessoas da redação de um jornal, qual é a formação delas e quais as habilidades e os conhecimentos que julgam essenciais para o desempenho da profissão?

sileira? O que o jornal e o jornalismo representam num país com tantos analfabetos?

A imprensa é fundamental para a democracia. Imagine um país em que haja um único jornal, o do governo desse país. Agora imagine que na África ainda existem repúblicas onde o único modo de se tomar conhecimento dos fatos é por meio de um jornal controlado e financiado pelo governo. Que liberdade os jornalistas desse jornal têm? Nenhuma. Eles têm de noticiar os fatos de acordo com os interesses do grupo político que estiver no poder. É como se no Brasil só existisse a *Hora do Brasil*. O *impeachment* do Collor seria impossível sem as revistas e os jornais que fizeram as denúncias, foram atrás dos fatos, azucrinaram a vida dos caras até dar no que deu. Mas o jornalismo não vive só de política; ele tem um outro caráter, pouco realçado, porém não menos importante: o de prestador de serviços. É por meio dos jornais, por exemplo, que obtemos informações sobre as condições do tempo e das estradas, sobre como tirar documentos, sobre locais de vacinação, sobre a programação cultural e os eventos esportivos na cidade, etc. Sem contar que eles são também um entretenimento muito acessível, devido ao seu custo baixo. Quem não gosta de ler uma boa crônica de jornal? Eu, particularmente, tenho o vício de ler jornal logo no café da manhã. Aliás, café e jornal foram duas constantes na minha vida.

Bóris Mariano teve participação na luta contra a ditadura militar. Quais são os episódios que mais impressionaram você durante os "anos de chumbo"? Por quê?

Bom, eu não vivi exatamente os "anos de chumbo", sou de 1963. Mas li muito a respeito, e o tema me fascina. Um fato que me impressiona ainda hoje é a quantidade de estudantes que morreram por defender seus ideais de um mundo mais justo. Jovens que saíram de casa com livros e cadernos debaixo do braço para ir à faculdade e nunca mais voltaram, muitos deles nem sequer mortos, pois os corpos jamais foram encontrados. Eu, que sou pai, fico imaginando a dor dos pais desses jovens. É a pior dor de perda que alguém pode sentir, pois paira sempre a dúvida sobre o que realmente aconteceu com o desaparecido. Porém, mais que isso, me espanta a falta de memória das pessoas, que não reverenciam a ideologia desses jovens e votam em políticos reconhecidamente corruptos e medíocres. Pouco tempo se passou para que tudo que se viveu nos anos 1960 e 1970 tenha sido esquecido. O que mais me admira é a facilidade com que se cospe na história desses jovens idealistas. Não me considero um saudosista, mas a afasia do mundo contemporâneo, em especial dos jovens, me incomoda demais.

***Carpe diem* é uma aventura policial: o objetivo das personagens é desvendar os motivos de um assassinato e prender o criminoso. Você costuma ler novelas policiais? Quais são seus autores favoritos nesse gênero? E, em sua opinião, quais são os ingredientes de uma boa história policial?**

Não sou um grande leitor de romances policiais. Dos grandes do gênero, li apenas Edgar Allan Poe, que não é exatamente um autor emblemático desse tipo de história. Também gosto muito do Marcos Rey e do Rubem Fonseca. Mas reconheço que autores como Conan Doyle, Dashiell Hammett, Raymond Chandler e Agatha Christie elevaram o romance policial ao *status* de grande literatura. Ter escrito uma aventura policial como o *Carpe Diem* foi quase um acidente. Eu tinha um ponto de partida, um assassinato misterioso. Talvez por isso a história tenha se aproximado de um policial. Não me considero um autor do gênero. A minha história não tem nem detetive. Porém, acho essencial que numa história desse tipo haja muito suspense. E, mais que isso, que seja obsessiva e primorosa a forma de conduzir esse suspense. O escritor policial deve se preocupar, mais do que os escritores de outros gêneros, com os detalhes, para que tudo pareça ser o que não é, e para que a obra tenha, no final, elementos para surpreender o leitor.